ものがたりの舞台

三重の文学逍遥

河原徳子 Tokuko Kawahara

風媒社

はじめに

このワクワク感を伝えたい！　「文学の水先案内人」の役割をしたい！　との思いで、『となりの文豪』（風媒社）を出してから随分と年月が経ってしまいました。

その間、至る所で文学のお話をさせていただきましたが、多くの参加者の方々に「読んだあと、その文学の舞台となる所へ旅しましたよ」と、お声をかけていただきました。なんと嬉しいことでしょう！　好きな作家や作品のお話しをして、少しでも興味を持って読んでいただけることは、研究家と名乗っている身としては、何より嬉しいことです。

二十年以上、性懲りもなく文学講師をさせていただいておりますが、縁あって住むことになった三重県という場所を舞台に、多くの文豪たちが魅力的な作品をこの世に送り出していることに気がつきました。「ずっとこの地に住んでいるのに、こんな作品、まったく知りませんでした」と語られることも多いのです。

私が三重県に生まれ育った人間ではないせいでしょうか、三重のあちこちに行くたびに、どっかに文学作品の舞台はないかなあ?〜〜と鵜の目鷹の目で歩き回る癖があるのです。何を見ても新鮮で、誰かに教えたいなあ……この舞台……などと思ってしまうのです。

その行き着いた果てが、この『ものがたりの舞台――三重の文学逍遥』です。

若い頃は日本近代文学を専攻していた身ですが、源氏千年紀より一行も飛ばさず〈源氏物語を原文で読む〉という講座を続けています。だから、古典文学もとても気になります。

三重にゆかりの話はないかなあ……と探していると、あるある！　たくさんありました。『今昔物語集』の中に見つけました。弥次さん喜多さんと一緒に、桑名から伊勢まで歩いてみました。地元郷土史家のみなさまが大切に研究されている歴史上の人物や、ものがたりの舞台が、さまざまな作品の中で実に魅力的に描かれていました。

水先案内人としましては、これは放っておくわけにはいきません。『となりの文豪』の次の本はいつ出るんですか?　とさまざまな方からお声をかけていただき、そろそろ書かねば――と思っていた矢先、岡田文化財団の助成金をいただけることになりました。本当にありがたいなあと思いました。

この本の中には、古典文学から現代文学まで、三重県にゆかりの作家たちの作品が出てきます。ああ、これ知ってる――と思う方、へぇ〜あの人って三重にゆかりの人だったんだあ――と発見する方、さまざまいらっしゃると思います。

御手にとってくださった方は、私の神様です。どうぞ、河原徳子の作品の料理法を味わってやってくださいませ。そして、また河原の講座に参加された折には、じっくりと文学談義をいたしましょう。

その時を楽しみに、待っております。

河原徳子

二〇二四年一月

ものがたりの舞台――三重の文学逍遥◉目次

本書は公益財団法人岡田文化財団の助成金により刊行されたものである。

『今昔物語集』における蜂襲撃事件
——百鬼夜行絵巻かピカレスク小説か

一　『今昔物語集』は歴史の闇に眠っていた

『今昔物語集』は日本最大の説話集だ。あの『源氏物語』に肩を並べるほどの大日本文学作品なのである。日本文学史では、『源氏物語』は貴族文学、そして『今昔物語集』は庶民文学と分類されている。

『源氏物語』については、二十年近くも付き合っている私であるが、一応作者は一貫して紫式部——という視点で講じさせていただいている。

だが、『今昔物語集』に関しては、編集の年次も編者も書いた目的もさっぱりわからない。おまけにその中には、これは『宇治拾遺物語』に出てきたのと同じ話じゃないか……と気づく作品多々なのである。

その『宇治拾遺物語』の序文に、宇治大納言つまり源隆国が登場するので、彼が書いたのではないかとも伝えられている。でも真相はわからない。

加えて、源隆国の息子であり、父より有名な鳥羽僧正覚猷《かくゆう》が書いたのでは……とも言われている。鳥羽僧正──「鳥獣戯画」の作者である、あの人だ。その他、さまざまな有名無名の貴族、僧侶が作者なのではないか、と候補者多数の中、結局どの人も確実に作者とはいえないようだ。

『今昔物語集』は一一二〇年、つまり平安時代末期の院政期に成立したのではないか、ということは確かなようだ。そんな昔に出来上がっていたというのに、この作品は六百年以上もの間、公表もされずにずっと眠っていたのである。なんと、ミステリアスな文学作品であろうか。

やっと研究者の目にとまり、表舞台に登場することができたのは、八代将軍徳川吉宗が指揮した享保の改革の頃である。もう江戸時代も半分くらい過ぎた時期だ。なんと永い闇暮らしだったことか──。

この物語、最初から『今昔物語集』と呼ばれていたわけではない。各説話が「今は昔」で始まり、「となむ語り伝へたるとや」で、だいたい終わるのである。そこで『今ハ昔ノ物語集』と呼んでいたのでは……とも推測されている。先に書いた宇治大納言作者説から

『宇治大納言物語』ともいうのだが、とにかく書いた本人、もしくは編集者グループがタイトルを考えたのではないようだ。

総数一〇〇〇余りもの説話をすべて読破するのは難しい。「天竺」「震旦」「本朝」の三部の中の「世俗説話」を主に読むことになる。天竺とはインド、震旦とは中国のこと、本朝は日本のことである。

この物語集、そのような外国や知らない場所の説話ばかりが書かれているわけではない。三重ゆかりの説話がこの物語集の中に、ちゃんと入っているのだ。

私が最もおもしろいと思った三重県説話を、全文読んでみることにする。

二　鈴鹿山の蜂事件

むかし、むかし、三重県多気郡多気町に「丹生《にゅう》鉱山」という水銀鉱山があった。そこは、日本で唯一、水銀座という座があった場所だった。

平成三十（二〇一八）年、三重県生涯学習センター主催の〈シリーズ郷土を歩こう！〉で、《水銀の里　丹生を歩く》と題した企画をさせてもらったことがある。正式名「丹生山神宮寺」、通称「丹生大師」に集合して、一日、副住職さんと勢和の語り部会の方々にお世話になった。
その折、水銀坑跡を訪れたのであるが、語り部会のメンバーが紙芝居で『今昔物語集』の鈴鹿山の蜂事件の説話を披露してくれたのだ。面白くて恐ろしくて、忘れられなくなるおはなしである。
早速、『今昔物語集』巻二十九―三十六話「鈴鹿山に於いて、蜂、盗人《ぬすびと》を刺し殺しゝ語《こと》」を読んでみることにする。

今は昔、京に水銀《みずがね》商《あきない》する者ありけり。年來《としごろ》役《やく》と商ひければ、大きに富みて財多くして、家豊かなりけり。伊勢国に年来《としごろ》かよひ歩きけるに、馬百餘疋にもろもろの絹糸綿米などを負はせて、常に下り上り歩きけるに、たゞ小さき小童部《こわらべ》を以て馬を追はせてなむありける。かやうにしける程に、漸《ようや》く年老いにけり。それにかく歩きけるに、盗人に紙一枚取らるゝこと無かりけり。

（以下『今昔物語集』本朝世俗部　下巻　角川文庫）

京都に水銀を商いする者がいて、ずっと伊勢の国に通っていた。馬百頭あまりに絹糸や綿、米などを積んで行き来していたのだが、物騒なことに小さな少年に馬を追わせているだけという無防備体制。こうして商人は年をとっていったが、泥棒に紙一枚盗まれることはなかった——という意味である。

水銀商と書いて「みずがねあきない」と読む。「役と」は〈もっぱら〉とか〈ひたすら〉という意味だ。

されば、いよいよ富《と》び増さりて財失《う》する事無し。亦《また》火に焼け水に溺る、事無かりけり。就中《なかんずく》に伊勢国は、いみじき父母がものをも奪ひ取り、親しき疎《うと》きをも云はず、貴きも賤しきも選ばず、互いに隙《ひま》を量《はか》りて魂を暗《くら》まして、弱き者の持ちたる物をば憚《はばか》らず奪ひ取りて、己が貯《たくわ》へとする所なり。それにこの水銀商が、かく昼夜に歩くを、いかなる事にか、此れが物をのみなむ取らざりける。

それで、その水銀商はいよいよ金持ちになっていった。伊勢の国というのは、自分の親のみならず、誰からでも物を奪い取って自分のものにするような所なのに、どういうわけか、この商人だけは盗まれなかった——というのだが、ここで、三重県在住の私としては大いに不満が残る。

伊勢国の説明が酷すぎるではないか！　父母だけではなく、知り合いだろうがなかろうが、金持ちだろうが貧乏人だろうが、そいつらの持ってるものを全部取ってしまうのが、伊勢国の人間だ——と書いてあるのである。

これは伊勢に住まいする人というのではなく、あの有名な鈴鹿峠の山賊のことなのではないだろうか……と、責任転嫁したくなるクダリである。

とにかく、この水銀商は何も盗まれることもなく過ぎてきたのだ。

然《しか》る間、いかなりける盗人にかありけむ。八十餘人心を同じくして、鈴鹿の山にて国々の往来《ゆきき》の人の物を奪ひ、公《おおやけ》、私の財を取りて、皆その人を殺して年月を送りける程に、公も国の司《つかさ》も、これを追捕《ついぶ》せらるゝ事もえ無かりけるに、その時にこの水銀商、伊勢国より馬百餘疋に諸々《もろもろ》の財《たから》を負はせて、前前のやうに小童部を以て追はせて、女どもなどを具して、食物などせさせて上りける程に、この八十餘人の盗人の、こはいみじき痴《し》れ者かな、この物ども皆奪ひ取りてむと思ひて、かの山の中にして、前後にありて、中に立ち挟《はさ》むでおどしければ、小童部は皆逃げていにけり。物負はせたる馬ども皆追ひ取りつ。女どもをば皆着たる衣どもを剥ぎ取りて追ひ棄て、けり。水銀商は、浅黄《あさぎ》の打衣《うちぎぬ》に青黒の打狩袴《うちかりばかま》を着て、練色《ねりいろ》の衣の綿厚らかなる三つばかりを着て、菅笠《すげがさ》を着て草馬《くさうま》に乗りてぞありけるが、からくして逃げて高き岳《たけ》にうち上《のぼ》りにけり。

盗人これを見けれども、すべき事無き者なめりと思ひ下して、皆谷に入りにけり。さて八十餘人の者、各《おのおの》思しきに随《したが》ひて、争ひ分《わか》ち取りてけり。

そんな折、どんな盗人か知らぬが八十人余りの集団が、鈴鹿山で強奪を繰り返していた。役人も逮捕することもできないまま過ぎていたが、この水銀商が昔と同じように無防備なまま小童や女を連れて山を通りかかったのだ。盗人たちは、バカな奴だなあ！　とばかりに襲ったので、小童は逃げてゆき、女たちは衣服を盗られてしまった。馬に乗っていた水銀商は、やっとのことで高い岳に登って逃げた。それを見ても、盗人たちは別にどうってことないので放っておいたのである。

取りて何といふ者なければ、心静かに思ひけるに、水銀商、高き峯にうち立ちて、敢《あえ》て事とも思ひたらぬ気色にて、虚空《そら》をうち見上げつゝ、聲を高くして、「いづら、遅《おそ》し遅し」と云ひ立てりけるに、半時ばかりありて、大きさ三寸ばかりなる蜂の怖ろしげなる、空より出で来て、ぶゝと云ひて傍なる高き木の枝に居ぬ。水銀商これを見て、いよいよ念じ入りて、「遅し遅し」と云ふ程に、虚空に赤き雲二丈ばかりにて、長さ遥かにて俄かに見ゆ。道行く人も、いかなる雲にかあらむと見けるに、この盗人どもは取りたる物どもした、めける程に、この雲漸《ようや》く下《くだ》りてその盗人のある谷に入りぬ。この木にゐたりつる蜂も立ちて其方《そなた》ざまに行きぬ。早うこの雲と見つるは、多くの蜂の群れて来るが見ゆるなり。

水銀商は「どこだ、どこだ、遅いぞ、遅いぞ」と言いながら空を見上げていたが、それを見た盗人は「何やってんだ、あいつ、ほっとけ」とあざ笑っていた。そのうち空に赤い雲が出現した。この雲はただの雲ではなかった。道行く人も、「あれはどんな雲なんだ?」と見上げている。

実はその雲は蜂の軍団で、谷に陣取り盗品を分配していた盗人たちを襲い、ことごとく刺し殺してしまったのだ。なんという展開!

然《さ》て若干《そこばく》の蜂、盗人ごとに皆付きて皆刺し殺してけり。一人に一二百の蜂の付きたらむにだに、いかならむ者かは堪へむとする。それに一人に二三石の蜂の付きたらむには、少々をこそ打ち殺しけれども、皆刺し殺されにけり。その後蜂皆飛び去りにければ、雲も晴れぬと見えけり。さて水銀商はその谷に行きて、盗人の年来取り貯《たくわ》へたる物ども多く、弓、胡籙《やなぐい》、馬、鞍、着物などに至るまで、皆取りて京に返りにけり。

しかれば、いよいよ富び増さりてなむありける。

水銀商人は、盗られたものを取り返し、おまけに日ごろから盗人たちが蓄えていた盗品も全部自分のものにして京へ帰った。だから、彼はいよいよ金持ちになってしまったのである。

しかしこれでは、盗人の上前を撥ねるヤツと言われても文句は言えないのではないかと、私などは考えてしまうのであるが。

この水銀商は家に酒を造り置きて、他のことにも使はずして、役《やく》と蜂に呑ませてなむこれを祭りける。しかれば、彼が物をば盗人も取らざりけるを、案内《あない》も知らざりける盗人の取りて、かく刺し殺さる丶なりけり。しかれば蜂そら物の恩は知りけり。心あらむ人は、人の恩を蒙《こうむ》りなば必ず酬《むく》ゆべきなり。また大きならむ蜂の見えむに、もはらに打ち殺すべからず。かく諸々の蜂を具しゐ来て、必ず怨《うら》みを報ずるなり。これいづれの程のことにかありけむ。かくなむ語り伝へたるとや。

この水銀商は日頃から家で造った酒を蜂たちに呑ませていたのだ。だから、これまで一度も襲われなかったのだ。つまり「子飼いの蜂軍団」を有していたということなのである。怖ろしや……。

それを全く知らない盗人が商人を襲って、逆に殺されてしまった。つまり蜂の恩返し話なのである。教訓――蜂は絶対に打ち殺してはいけない。集団でやってきて、必ず怨みを晴らすから、と伝えられているとか。

怖い、怖い！

三　芥川龍之介の王朝小説を読む

『今昔物語集』と聞いて、芥川龍之介作品を素通りすることはできないだろう。この物語集は、まさに芥川によって爆発的人気を得ることができたのであるから。それまで、闇の中に眠っていたのに。

＊

国語科の教師は、高校生に必ずと言ってよいほど、『羅生門』を教える。よほどのことがない限り、避けて通ることはできないだろう。芥川龍之介の優れた短編は、他にも多々あると思うのに、『羅生門』の人気は、やはり教師にも生徒にも文科省にも絶大のようである。

周知の通り、『羅生門』は『今昔物語集』の「巻第二十九第十八話」に出てくる「羅城門の上層《うわこし》に登りて死人を見し盗人《ぬすびと》の語《こと》」に取材して書かれている。『藪の中』も『好色』も『偸盗』も、夏目漱石が絶賛した『鼻』も、『今昔物語集』の中に出てくる話である。『今昔物語集』を読んでみると、如何に龍之介が凄い才能を持った短編小説家であるかわかってくる。モト本『今昔物語集』では、タイトルも「羅城門の上層に登りて死人を見し盗人の語」と長い。タイトルが長いわりには、本文は二十行しかない。これは角川ソフィア文庫『今昔物語集』「本朝世俗部下巻」でのことだが、他の本では、もっと行が少ない場合もある。とにかく、すぐ読める。

あの名調子、「ある日の暮方の事である。一人の下人が、羅生門の下で雨やみを待っていた。」で始まる傑作は、モト本ではこうである。

今は昔、摂津国《つのくに》の邊《ほとり》より盗みをせむがために、京に上りける男《おのこ》の、日の未《いま》だ暮れざりければ、羅城門の下に立ち隠れて立てりけるに、朱雀《すざく》の方《かた》に人しげく行きければ、人の静まるまでと思ひて、門の下に待ち立てりけるに、……

と、長々続いていく。おまけに、「盗みをせむがために」などという余計な言葉まで加えて書いてあるのだ。

推敲の末、最後の場面で「下人の行方は、誰も知らない。」と結んだ龍之介の上手さに唸ってしまう。「帝国文学」に発表された初出稿『羅生門』の末文は「下人は、既に、雨を冒して、京都の町へ強盗を働きに急ぎつゝあつた。」となっていた。最後の結末部分の改訂に、その当時の鬱々とした龍之介個人の、現実からの自己解放を読み取る評論家もいるが、私は、龍之介の短編作家としての創作過程における本能的改訂だと思っている。

この話、『今昔物語集』では、犯人が逮捕された後に語った自白の調書として描かれている。それはそれで迫力ある話として読めるのだが、龍之介の『羅生門』は、老婆が生きるための論理を下人に展開する場面や、下人の屈折した心理を、迫真劇のごとく描き出していくのだ。若い人に教えるには難物ではあるが、またそれゆえに永遠の教材として光り輝いているのである。

＊

『藪の中』はどうだろうか。モト本では「妻《め》を具《ぐ》して丹波国に行きたる男、大江山に於いて縛《しば》られし語《こと》」というタイトルだ。黒澤明監督の名作「羅生門」は、こちらの『藪の中』を映画化している。『今昔物語集』では、女が夫の眼の前で襲われる場面は、こう描かれる。

男これを見るに、心移りにければ、さらに他《ほか》のこと思えで、女の衣《きぬ》を解けば、女いなび得《う》べきやうなければ、云ふに従ひて衣を解きつ。然《しか》れば、男も着物を脱ぎて女をかきふせて二人臥す。

男は（身分は低そうだが、色気ある美人の）女を見て、すっかり頭に血がのぼってしまい、何もかも忘れて、女の着物を脱ぎにかかった。女は抵抗もできないで、言われる通りに着物を脱いだ。男も着物を脱ぎ、女をかき抱いて交わった、ということである。

たったこれだけのシーンが、龍之介の『藪の中』では、木樵りの物語・旅法師の物語・放免の物語・媼の物語・多襄丸の白状・女の懺悔・死霊の物語で綴られていく。

加えてとんでもないことにモト本では、強盗である若い男が、女に免じて夫を殺さなかったこと、女の着物を奪い取らなかったことに対して、たいしたヤツだと感心したりしている。それに比べてこの夫は、なんとも不甲斐ないヤツ！　と身も蓋もない。

それに比して、『藪の中』は、三人の主人公が一つの事件をそれぞれの視点から、必死の形相（に違いない）で説明していく話だ。その上に、先の木樵りと他三人の登場人物が補足しつつ進んでいく。どこまでいっても事件解決とはならず、多くの食い違いや矛盾を孕んでいる事件なのだ。私は複雑な現代に生きる人間の一人として、こちらの現代風な料理法が気に入っている。

＊

『好色』を読んでみよう。『今昔』では「平定文《たいらのさだふん》、本院の侍従《じじゅう》に懸想《けそう》せし語《こと》」である。平中、平定文は在原業平と並ぶ好色風流人だ。業平に『伊勢物語』があるように、平中には『平中物語』と呼ばれる恋愛オムニバスがあるくらいだ。『今昔物語集』における平中物語は、優美な貴族世界を描く場面に、「糞（まり）」が出現するのが仰天モノ。

平中という渾名の男が、侍従に恋をした。どうしても想いを遂げられぬと知った彼は、「あの女の浅間しい所を見つける事」で忘れようとする。侍従だとて、天人ではあるまい。排泄物は女乞食と変わらないじゃないか、と考えたのだ。

平中は、侍従の局の女童から筥を奪い取った。中に何が入っているかはお分りだろう。水洗トイレのある時代ではないのだ。ところがところが、その「糞」は……。

平中《へいちゅう》は殆《ほとんど》気違いのように、とうとう筥《はこ》の蓋《ふた》を取った。筥には薄い香色《こういろ》の水が、たっぷり半分ほどはいった中に、これは濃い香色の物が、二つ三つ底へ沈んでいる。

と思うと夢のように、丁子《ちょうじ》の匂《におい》が鼻を打った。これが侍従《じじゅう》の糞《まり》であろうか？　いや、吉祥天女《きっしょうてんにょ》にしても、こんな糞はするはずがない、平中は眉《まゆ》をひそめながら、一番上に浮いていた、二寸《すん》ほどの物をつまみ上げた。そうして髭《ひげ》にも触れる位、何度も匂を嗅《か》ぎ直して見た。匂は確かに紛れもない、飛び切りの沈《じん》の匂である。

（『地獄変・邪宗門・好色・藪の中』岩波文庫）

この後、平中は水を啜り、二寸ほどのものも噛んで確かめてみる。侍従は、平中のたくらみを推量し、香細工の糞を作って筥の中に入れておいたのである。おみごと！

一方、『今昔物語集』の終幕は――

これを思ふに、これは誰もする者はありなむ、但《ただ》しこれをすさびして見む物ぞと云ふ心はいかでか使はむ、されば、様々に極めたりける者の心ばせかな、世の人にはあらざりけり。いかでかこの人に會《あ》はでは止《や》みなむと思ひ惑ひけるほどに、平中病み付きにけり。さて悩みける程に死にけり。

相手が便器を奪って中をのぞくことまで予想していた女なのである。何もかもお見通しだったのだ。こんな女はもう絶対にモノにする！　と平中は決心するのであるが、あまりに恋焦がれ過ぎて、片思いに苦しみぬいて死んでしまった。余りな死に方である。

一方、『好色』の平中は――

「侍従！　お前は平中を殺したぞ！」

平中はこう呻《うめ》きながら、ばたりと蒔絵《まきえ》の筥《はこ》を落した。そうして其処《そこ》の床の上へ、仏倒《ほとけたお》しに倒れてしまった。その半死の瞳《ひとみ》の中《うち》には、紫摩金《しまごん》の円光《えんこう》にとりまかれたまま、嫣然《てんぜん》と彼にほほ笑《え》みかけた侍従の姿を浮べながら。…………

『好色』には、平中の友だちである義輔《よしすけ》と範実《のりざね》という男二人が、侍従と平中の恋の噂話をする段が時々差しはさまれる。彼らにおける侍従の印象は「憾《うら》むらくは髪が薄すぎる」とか「顔もあれじゃ寂しすぎるな」ということらしいのだ。

侍従に逃げられた平中を称して範実が放つ言葉こそが、この物語の根幹テーマではないかと思われるほどの平中指摘論である。平中の心の中には、常に巫山《ふざん》の神女《しんにょ》のごとき超絶美人の姿が浮かんでいるのだと語った後――

平中は何時も世間の女に、そういう美しさを見ようとしている。実際惚れている時には、見る事が出来たと思っているのだ。が、勿論二、三度逢えば、そういう蜃気楼は壊れてしまう。そのためにあいつは女から女へ、転々と憂き身をやつしに行くのだ。

侍従という女性は、他者から見れば、髪が薄い、寂しい顔……という印象なのに、平中には神女のごとき美女としか見えないのである。

片恋のまま死んでゆく『今昔物語集』の平中より、理想郷の女性としての侍従の姿を思い浮かべながら「侍従！　お前は平中を殺したぞ！」と死んでいく『好色』の平中の方は決して不幸ではない、と私には思えてならないのだ。

ここに出てきた「蜃気楼」という文字は、龍之介の晩年を知っている者には苦し過ぎる言葉として突き刺さってくるのではあるが。

＊

『偸盗』、『今昔』では「人に知られざりし女盗人《おんなぬすびと》の語《こと》」という話だ。モト本の『今昔物語集』は、盗賊団の美人首領が色香と鞭で若い男を調教し、盗賊の一員に仕立てていく話である。

若い頃は？？だらけで、いくらトンデモナイことがいっぱい書かれた『今昔物語集』とはいえ、これでは何を言いたいのかわからない！　と、怒りすら感じたくらいだ。何度か読むうちに、女のサディズムによって調教された男は、死ぬまでその呪縛から解かれることはないのか……と解釈するようになった。そして今は、この時代に女性上位の世界を描いたこの物語の作者は、現代的な感覚を有していたのか……と考えることもあり、さまざまな思いに揺れ続けている。

モト本を読んで、『偸盗』を読む。そこにはまるで異なる世界が拡がっている。沙金という「恐しい野性と異常な美しさとが、一つになった」顔を有する二十五、六の女盗賊をめぐって、太郎と次郎という兄弟が煩悶し続ける話だ。そして最後に兄弟は「殆ど憎悪に近い愛」「不思議な愛」によって和解するのだ。あとに、「虐《むご》たらしく殺された女の屍骸」を残して。

この話に登場する、沙金の母である猪熊のお婆、猪熊の爺、「天性白痴に近い」阿濃という女など、その一人一人の描き方が実に生身で生きているのである。殊に、美しい弟の次郎とは異なり、醜い兄である太郎の内面を描く時、龍之介という書き手の腕は冴え返っている。「どうせみんな畜生だ。」と呟く男が、最後は女ではなく弟への愛を選択する。

人間の持つ、業と愛という手に負えぬものの距離を考えさせて飽きない小説である。

＊

夏目漱石のお陰で、龍之介が短編作家としての位置を不動にした作品である『鼻』も、『今昔物語集』「池の尾の禅珍内供の鼻の語」が本話である。

鼻をゆでて脂を抜くという治療方法は同じであるが、モト本は、実に細密に描いている。鼻の持ち主の心理描写などはまったく書かれず、鼻もたげに失敗して「わしだからいいようなものの、高貴な方の鼻だったら、ただではすまんところだった」と怒られた童が、「ほかにこんな鼻をした人なんていないよ。よそで鼻もたげすることなんてない！」と捨て台詞を放つ場面を痛快そのものに書くのである。

龍之介の『鼻』には、そんな話は出てこない。全編を覆うのは禅智内供の自尊心の移り行く描写である。鼻の長いお坊さんが自分の鼻を短くすることで現実逃避を謀ろうとして、その結果普通の鼻を持つことができた。だが、周囲の反応が変だ。

鼻の長かった昔とは、哂《わら》うのにどことなく容子《ようす》がちがう。見慣れた長い鼻より、見慣れない短い鼻の方が滑稽《こっけい》に見えるといえば、それまでである。が、そこにはまだ何かあるらしい。

――前にはあのようにつけつけとは哂わなんだで。

（以下『羅生門・鼻・芋粥・偸盗』岩波文庫）

結局、鼻を短くする努力は、少しも自分を幸福にはしてくれなかった。短くなった鼻を恨めしくさえ思うようになる。ある日の朝、深呼吸した内供――

殆《ほとんど》、忘れようとしていたある感覚が、再《ふたたび》内供に帰って来たのはこの時である。
内供は慌てて鼻へ手をやった。手にさわるものは、昨夜の短い鼻ではない。上唇の上から顋《あご》の下まで、五、六寸あまりもぶら下っている、昔の長い鼻である。内供は鼻が一夜の中に、また元の通り長くなったのを知った。そうしてそれと同時に、鼻が短くなった時と同じような、はればれした心もちが、どこからともなく帰って来るのを感じた。
――こうなれば、もう誰も哂うものはないにちがいない。
内供は心の中でこう自分に囁《ささや》いた。長い鼻をあけ方の秋風にぶらつかせながら。

私の好きなシーンである。他人からは笑える事態なのだが、当人にとっては物凄く不愉快な事柄に振り回され続けた挙句、結局元の自然なオノレに帰ってゆく内供。人というものは、哀れで実にいじらしい存在である。

＊

いわゆる「芥川龍之介の王朝もの」の底に流れるのは、一人の人間が人生の岐れ道に立ったとき、選択する過程の懊悩である。自分で選んだ道を「勇気」を持って納得し、生きていったり、死んでいったりするのは、近代人の生き方そのものであろう。それを王朝ものの小説の中に濁流のごとく注ぎ込んだのだ。短編小説家龍之介の手腕に唸ってしまう。

それに比して『今昔物語集』においては、弘法大師がライバルの僧都を祈り殺したり、青年僧が美女の色仕かけのお陰で偉くなっていったり、怪力の美女が登場したり、襲われそうになった母親が乳飲み子を犠牲にして逃げて行ったり、老いた母が子を食おうとしたり……と、極限状況における人間の狂気が描かれる。百鬼夜行か、ピカレスク小説かと思えて、ハラハラドキドキの連続である。

されどこの物語集から湧き上がってくるエネルギーは半端ではない。すべての階層の登場人物が、まるでインド映画のように踊り狂っているのだ。それも、まったく手加減無しで攻めまくってくるのだ。こんな物語集には滅多にお目にかかれないだろう。

武士の登場する時代が、そこまで来ている——『今昔物語集』は、そんな時代の物語集である。

『東海道中膝栗毛』に描かれた三重の女性たち

――したたかで愛すべき人々の群れ

一　ベストセラー本の誕生

弥次（治）郎兵衛と北八（喜多八）の登場する道中記『東海道中膝栗毛』を書いた十返舎一九は、明和二（一七六五）年、駿河の府中（現在の静岡県静岡市）に生まれた。本名重《しげ》田貞一《たさだかず》といい、幼い頃は市九《いちく》と呼ばれていた。「一九《いっく》」というペンネームは、これをもじったものだ。父は町同心といわれる下級の武士だった。

一九の若い頃についてはあまりよくわかっていないが、二十三歳の頃、堅苦しい武家奉公に耐えきれず武士をやめている。その後、材木屋の婿養子になるのだが商売に身を入れず、習字・絵・香道・浄瑠璃・芝居に夢中……という、まともな商売人からは程遠い性癖ゆえ、その店から追い出されたという。一九は、そんな人物だ。

三十歳のとき江戸にやってきて、あの蔦屋重三郎が経営する耕書堂に居候することになった。二〇二五年のNHK大河ドラマ「べらぼう」に登場する、江戸の版元である「蔦重」である。

その蔦重に雇ってもらい、最初は書籍出版の仕事の助手のようなことをやっていた一九だが、『心学時計草』という本を自分で挿絵も描いて出版している。若い頃からの道楽生活が、ここで役に立ったということだ。その後、次々に作品を発表し、一年間に二十本のペースで書き続けたというから、一九という人、なかなかの多作作家だったようだ。

人生何が起こるかわからない。その後の享和二（一八〇二）年、のちに滑稽本といわれる『東海道中膝栗毛』を書いたところ、これが大評判となったのである。

この本は、正続合わせて四十三冊。最初の本では、江戸神田八丁堀に住む栃面屋弥次郎兵衛と食客喜多八が、あちこちに借金を残したまま、家財を売って江戸から箱根まで、様々な失敗や滑稽な事件を重ねながら旅をする——という構想だけだったのが、あまりの人気にどんどん書き足していったという次第だ。今なら間違いなく《本屋大賞》ものだろう。

この作品、その後足を延ばして、伊勢から京大坂に至る道中記となっている。その後も人気は衰えず、四国金毘羅から宮島、木曾街道・善光寺から草津へと、各地に足を延ばしていく――という、正真正銘のベストセラー本となったのである。作家として最高の才能と運気の持ち主だといえよう。

その当時、旅行が大流行になっていたようだが、なかなか旅行などには出掛けられない一般庶民がほとんどだっただろうから、旅行名所記のような本が出たら、大喜びする読者でいっぱいだったのである。

旅行の中でも、最たるあこがれ――我が三重県にある伊勢神宮参拝は旅行の最大目標になっていただろう。三ヶ月で四〇〇万人が伊勢を訪れたという、その頃の大旅行ブーム――「伊勢編」の一九の筆は、三重県に来てますます冴えわたっているようだ。

私の場合、若い頃に『膝栗毛』原文を読んでいたら、ちょっと読み続けられなかったかも知れない。最初は、徳島の実家の本棚にある子ども用の「やじさん、きたさん」本や、わかりやすい現代語訳でその面白さに夢中になり、ずっと後に原文を読んでからは、話の裏にある大人の事情らしきものも描かれていることに気が付いたのである。

中でも、三重県津市の場面で弥次さんが作者の十返舎一九に成りすまして恥をかく話は、その奇抜な展開に大声で笑いだしたくなるのだった。その舞台になっている津市上野の場所を知っている者にとっては、なおさら笑える。

とにかく、面白い！

二　『東海道中膝栗毛』を読み解く

弥次郎兵衛と北八の名は、弥治郎兵衛とも喜多八とも書かれているのだが、ここでは「弥次郎兵衛」「北八」と表記することにする。原文部分は、岩波文庫『東海道中膝栗毛』をそのまま引用させていただく。

二人は、そのころ大流行していた伊勢参りを口実にして、しばらく江戸から身を隠すことにした。実は酒屋と米屋の支払いはすまさぬままに旅に出たのだ。こんな事情は、私の読んだ子ども用の本には書いてなかった。

大人の事情といえば、そもそもの話が奇妙奇天烈なのである。最初の「累解」と書かれたところに、いったい弥次郎兵衛と北八はどういう人間なのか……が書かれているのだが、こんなことも子ども用の本には書かれていなかった。

人から「いったいこの二人はどんなヤツなんだ?」と聞かれて、作者一九が書いた二人の紹介文は……。

弥治唯《ただ》の親仁《おやじ》なり、喜多八これも駿州江尻《すんしゅうえじり》の産《さん》、尻喰観音《しりくらいかんのん》の地尻《じしり》にて生れたる因縁によりてか、旅役者花水多羅四郎《はなみずたらしろう》が弟子として、串童《かげま》となる。されど尻癖《しりくせ》わるく、其所に尻すはらず、尻の仕廻《しまい》は尻に帆《ほ》をかけて、弥治に隋《したが》ひ出奔《しゅっぽん》し、倶《とも》に戯気《たわけ》を尽《つく》す

（『東海道中膝栗毛』上　岩波文庫）

串童とは、男色を売る少年のことである。年を経て、今は女好きのオジサン？　と化した北さんの若い頃の職業は串童だったのだ。弥次さんの方は、のっけから「ただのおやじなり」と書かれている。おまけに、北さんの師匠の名が「はなみずたらしろう」……ここまで徹底して書かれると、もう笑うしかない。この二人のコンビは絶妙だ。大人の事情は、どこか可笑しくて愛おしい。

膝栗毛三重県版に進むことにしよう。二人は、江戸日本橋を出発して、三河国から尾張国とやって来る。そこから船は七里の海上を走り、いよいよ桑名の岸に着いた。

《桑名ヨリ四日市へ八里八丁》

宮重大根《みやしげだいこん》のふとしくたてし宮柱《みやばしら》は、ふろふきの熱田《あつた》の神の慈眼《みそなわ》す、七里のわたし浪ゆたかにして、来往《らいおう》の渡船《とせん》難なく、桑名につきたる悦《よろこ》びのあまり、めいぶつの焼蛤《やきはまぐり》に酒くみかはして、かの弥次郎兵衛喜多八なるもの、やがて爰《ここ》を立出《たちいで》たどり行《ゆく》ほどに、

此頃旅人《りょじん》のうたふをきけば　はやりうた「しぐれはまぐりみやげにさんせ、宮のお亀が情所ヤレ・コリヤ、よヲしよヲしよし　馬士「コレ旦那衆《だんなしゅ》、戻《もど》り馬のらんせんか
弥次「よヲしよし　馬士「やすいに。たんだ百五十でやらまいか　弥次「よヲしよし
北八「せうろく四文でのるべいか　馬士「そんならよヲせよせ　馬「ヒインヒイン
（以下『東海道中膝栗毛』下　岩波文庫）

これが『東海道中膝栗毛』の文体とリズムである。最初から「序詞」！　おまけに馬の台詞まで書いてある。至る所に見られる、だじゃれや冗談や狂歌……ありとあらゆる笑いの宝庫だ。

滑稽本というのだから、きっと読みやすいだろうなあ……などと考えてはいけない。この笑いに付いて行けるコツを有した読み巧者でなければ、なんのことだかわからなくなってくるのである。

お気づきだろうか？　この話は、まさに古語と言文一致のコラボなのである。馬士などは「やすいに」と伊勢弁で営業しているくらいだ。時折、かなり高尚な言葉で語りだすことがあるが、「よヲしよし　の感覚を掴めば、もうこちらのものである。

《四日市ヨリ追分へ五十丁》

二人は四日市へとやって来た。貧相な宿屋に泊まるが、相客に二人の田舎者がいた。弥次郎は、宿の風呂でちょっとイケル女と「また会おう」と約束する。女が来るものと思い込んで長い時間湯に浸っていたが、長湯をしすぎ、ぐにゃりとなってしまう。風呂場を覗きに来た北八が、顔に水をぶっかけると正気を取り戻した。

弥次「ア、〳〵今すこしはつきりした　北八「おめへもとんだものだ。い、かげんにあがればい、に　弥次「イヤおれも、手めへのいつたとをり、大かた女めがくるだろふと、まつたほどに〳〵、向ふのながしに、かの年増らしいやつが、なにかあらつてゐるから、コレ背中を、ながして下せへといつたら、ハイとこいて、六十ばかりのば、アめが、たはしをもつてきやアがつて、おせなかを、あらひませうかとぬかしやアがる　北八「こいつはい、　トむちうになり、ねはらばつてゐながら、あしのゆびにて、あとのほうにねころんでゐる、いなかもの、耳をひつぱつたりなにかして、もちやそびにする。このいなかもの、とんだきのよい男にて、そつとわきのほうへあたまをよけると　北八「それからどふした　弥次「きいてくれ。おれもあんまりごうはらだから、いまいましい婆々あめだ。たはしをもつてどふしやアがるといつたら、ハイハイとぬかしてひつこんだが、やがて又庖丁のおれたのを、もつてうしやアがつて、これでおせなかの垢《あか》を、こそげおとしてあげませうかと、おれを鍋か釜のよふにおもつていやアがるそふな。いまいましい　北八「ハ、、、、こいつは、でかした〳〵

宿の婆アが、「たわしでお背中を流しましょう」と言う。文句を言ったら、今度は庖丁の折れたのを持って来て、「体のあかを落しましょう」と言うのだ。物凄い展開！　約束しても来ない女、たわしや庖丁で客の背中を洗おうとする女――四日市の女性は、凄まじくも滑稽で軽やかだ。

このあと、夜這いに来て棚が落ちたり、女だと思ったら荒菰に包んだ地蔵だったりと、大騒ぎとなる。そこで、タイミング良く狂歌が登場する。

はひかけし地蔵の顔《かお》も三度笠《さんどがさ》またかぶりたる首尾《しゅび》のわるさよ

日永の追分

宿の亭主から「ごまの灰」と間違われた弥次郎が夜這いをし

かけたから「はひかけし」、たとえお地蔵様でも、顔を三度も撫でられたら怒ることから「地蔵の顔も三度」で、そこに三度笠を掛けている。「かぶる」はドジることでもある。

こうして、弥次郎が詠んだ即吟の狂歌に、みんなが大笑いして騒動が収まるのである。

その後、追分でまんじゅう食い競争をするが、競争相手の金毘羅参りの男は実は手品師だったので負けてしまうという、散々な成り行きとなる。

《追分ヨリ白子へ三里》

参宮街道を辿り、いよいよ神戸の宿へ。上野村まで戻るという馬に乗ろうとするが、馬方は借金をしており、金を貸した男がその馬を借銭のかわりに請けとると言う。馬が走り出して馬方と金を貸した権平が追いかけてくる。北八は墜落して、腰骨を激しく打ってしまう。

ゆくほどなく、矢《や》ばせ村といふにいたる。弥次郎兵へは神戸の宿《しゅく》はづれより、さきへ来たるが、かの馬のいさくさをば露《つゆ》しらず、よほどさきへなりたるを、ふしぎにおもひ、こゝにまち合せゐたりけるが、それと見るより　弥次「ヲヤヲヤ北八、そのなりはどふしたのだ　北八「イヤもふはなしにもならぬ。とんだめにあった　トさいぜんよりのいちぶしじうをはなせば、弥次郎おかしく、さいわいこのところはかまくらの権五郎がこせきありとき、て、弥次郎兵へとりあへず

権五郎《げんごろう》ならねど馬士《まご》のいつさんにおつかけてゆくかけとりの海《うみ》

権五郎とは、鎌倉権五郎景政のことである。敵に右眼を射られ頭にきて、すぐに敵の鳥海弥三郎を追って殺したという話が残る人物だ。矢橋村にある小池に泳ぐ魚は、みんな隻眼だと言い伝えられていることから、こんな狂歌を詠んでいるのである。地域に残る言い伝えを瞬時に歴史の事実に寄り添わせて創作する筆力——一九の凄さに、感服する。『膝栗毛』では、事の顛末を語ったあとに必ず狂歌が付いてくる。その歌が揉め事の解決となって、やたら面白く気分が良いのである。

《白子ヨリ津へ四里半》

それより玉垣をうちすぎ、白子の町にいたり、福徳天王をふしおがみつゝ、子安観音の別れ道にて

風を孕《はら》む沖の白帆は観音の加護にやすやす海わたるらん

このしゆくをすぎて、磯山といへるにつく。

矢橋、神戸、玉垣、白子、磯山……まさに、私が住まいする場所が続いてゆくのだ。既知の土地名、それも日々往来する場所が、こんなふうに一冊の本の中に書かれて、この世に残されている……まるで江戸時代にそのままタイムスリップしたみたいだ。なかなかの気分である。

上野の宿に着いた弥次郎は、雲津（今の雲出）の南瓜《かぼちゃ》の胡麻《ごま》という男に名を聞かれて「私は、あの高名な十返舎一九だ」と嘘をつく。あの『膝栗毛』という著述について種を仕込みに出かけたのだ、と調子に乗って話すのである。ごま汁は、あのエライ一九先生だと知って一緒にお供させてくれと頼んだ。雲出のごま汁の家まで一緒に行くことに……。奇想天外な展開だ。

真宗高田派の大本山、津を経て雲出のごま汁宅へ。ここで一九先生となって気分良く御馳走になるのだが、焼け石の面にたたきつけて食うこんにゃくを出される。食べ方がわからなくて、石そのものを食うのかと考える場面に笑わせられる。偽名で歓待されているうちに、これから本人の一九先生が名古屋からやって来るという段になり、とうとう嘘がばれてしまうという結末――。

いざ、松阪（松坂）、櫛田へ。

《松坂ヨリ山田へ六里》

右のかた、小山（神山《かやま》）の薬師《やくし》を打すぎ、櫛田《くしだ》といふにいたる。こゝにおかん、おもんといへる、二軒の茶屋あり。餅《もち》の名物なり

旅人はいづれにこゝろうつるやとおもんおかんが賣《う》れる焼《やき》もちそれより祓《はらい》川を打わたり、斎宮《さいくう》をすぎて、明星《みょうじょう》が茶屋に休みたるとき　こゝに上《かみ》がたものと見へて、はでな大じまの引まはしをきて、帳めんとふろしきづゝみをせおひたる男、馬のねをつけてゐたりけるが、馬士「モシモシおまへがたア、其荷をつけて、おひとり、此だんなと、二ほうくはうじんに、のらんせんかいな　上がたもの「おまいがたも、おほかた参宮じやろ。わしも古市《ふるいち》まで、掛とりに行さかい、いつしよに乗なされ。はなしもてゆこわいな　弥次「いかさま、ゆふべの夜道で大つかれだ。北八、おらアのつてゆくぞ　北八「そんなら、此荷をつけてもらをふ　ト此所にて馬のそうだんができ、上がたものと弥次郎兵へと、二ほうくはうじんにて出かける

馬「ヒインヒイン

三重に住まいして「二軒茶屋餅」なるものを食した人は多いだろう。私もヨソから来た

者だが、伊勢の友人からいつもこの餅を戴いている。好きだと言ったら、覚えてくださったようだ。食べる度に、「二軒の茶屋あり。餅の名物なり」を思い出している。

《膝栗毛五編後序》

『東海道中膝栗毛』は、「五編上」に至って桑名からスタートし、追分から「五編下」となり、いよいよ山田のまちにさしかかる。ここから「膝栗毛五編追加」と題して語られていくのだが、そこへ行く前に「膝栗毛五編後序」というタイトルの次の文章がくるのである。かなり文学的教養が必要だな、と感じる手ごわい部分だ。

> たび人のすなる日記《にき》といふものを、作者のして見るひざくり毛、筆のあゆみのはかどりて、はやくも伊勢路《いせじ》にさしかゝりぬ。いでや天地は古市の宿屋のごとく、光陰《こういん》は同《どう》社《しゃ》に似《に》たり。人間行路《こうろ》の難《かた》きことは、宮川《みやがわ》の（か）はにあらず、相《あい》の山の山にあらず、たゞ襟《えり》もとの銭《ぜに》かけ松こそたふとき、神のほぐらには比《ひ》すべけれ、末社めぐりの十返舎、こゝに感ずるところありて、あまのいはとのあなをたづね、ふたみの海《うみ》の底《そこ》をさぐりて、かひあることばをえりつゞりつ、あつぱれ明星《みょうじょう》が茶屋にはねたる三宝荒神《さんぽうこうじん》、その尾にとりつくおかげ参、賓導堂《ひんどうどう》に、筆をとりて、ひがごとすなる伊勢街道《いせかいどう》、島《しま》さ

んこんさん仲成しるす。

一読、最初の部分、誰もが『土佐日記』の冒頭「男もすなる日記といふものを、女もしてみんとてするなり」を思い起こすだろう。

続いて、李白の春夜桃李ノ園ニ宴スルノ序の「天地ハ万物ノ逆旅、光陰ハ百代ノ過客」も隠れている。私の頭の中では、紀貫之や李白や松尾芭蕉が躍っているみたいに感じてくる。この《後序》は、少し説明が必要であろう。

「逆旅」とは宿屋のことであるから「古市の宿屋」を指している。「過客」は旅人という意味だから「同社に似たり」といったのである。「同社」とは道者＝巡礼のことなのだ。このあとの「人生行路」に至っては、白居易の太行路「行路難ハ水ニ在ラズ山ニ在ラズ秖《ただ》人情反覆ノ間ニ在リ」も陰に隠れている。最後は、伊勢の乞食の俗語や童謡、そして著者の「仲成」を出している。

唸らずにはいられない、あたまの柔らかい教養の宝箱である。

《山田》

斎宮を過ぎて、明星の茶屋で休んでいた折、古市まで掛け取りに行く上方者と馬の相乗りをすることになった。「二ほうこうじん」という言葉を、私は『膝栗毛』で覚えた。二宝荒神――一頭の馬の背中に櫓を置いて、二人で乗るのである。三宝荒神で乗ることもあったと聞くと、さすがに馬が可哀そうになってくる。

賑やかに馬鹿話をしながら旅する一行は、中河原を過ぎて、堤世古も越えて、いよいよ山田の町にさしかかる。ついに、伊勢市に入ったのである。

> 川崎音頭《かわさきおんど》（伊勢音頭）に、伊勢の山田とうたひしは、和名抄《わみょうしょう》の陽《よう》田といへるより出たるにや。此町十二郷《ごう》ありて、人家九千軒ばかり、商賈甍《しょうこいらか》をならべ、各《おのおの》質素の荘厳濃《しょうごんこまやか》にして、神都《しんと》の風俗《ふうぞく》おのづから備《そなわ》り、柔和悉鎮《にゅうわしっちん》の光景《ありさま》は、余国に異《こと》なり、参宮の旅人たえ間なく、繁昌《はんじょう》さらにいふばかりなし。

弥次郎兵衛と北八は、ひょんなことで道連れになった上方者と山田の入口へやってきた。上方者は、古市の遊びをおごってやろうと言う。ここで同じ町内の米屋太郎兵衛とばったり会ってしまう。江戸を出発する時、米屋の支払いをスルーした弥次郎はしょげかえるが、同郷のよしみで一緒に呑もうと言ってくれる太郎兵衛に感謝する弥次さん。

江戸組と上方組のグループが混在してしまい、駕籠に乗ったのは良かったが、途中で離れ離れになってしまい、弥次郎だけが違う御師《(おし・おんし)》の家に着く。

藤屋という宿の名を忘れてしまい、万金丹の看板のところで聞くことに。店の名、店の構えを知っている私はニヤリとする。弥次さんはやっと藤屋に着く。駕籠違いの話をして大笑いしたあと、髪床を宿に呼んで鬚を剃らせる。弥次郎は湯へ、北八がかみゆいに文句を言う台詞劇の場面となる。

かみゆひ「そのかはりおなごは、とつとゑらいきれいでおましよがな　北八「きれいはい、が、たつて小便するにはあやまる　かみゆひ「イヤおゑどの女中も、おつきなくちをあかんして、あくびさんすには、ねからいろけがさめるがな　北八「それでも、女郎は又江戸のことだ、ゑどはいきはりがあるからおもしろい。こつちのは、誰がいつてもおなじことで、ねつからふるといふことがねへから、信仰がうすいよふだ
かみゆひ「イヤこちのほうでは、おまいのよふなおかたがいかんしても、ふらんさかい、それでゑいじやおませんかいな　北八「きさまおれをやすくいふな。コレほんのこつたが　かみゆひ「ヲツトあをのかんすと切ますがな　北八「イヤきらなくてもごうせへにいてへかみそりだ　かみゆひ「いたいはづじやわいな。このかみそりは、いつやら研《とい》だま、じやさかい　北八「ヱ、めつそふな。なぜ、剃《そ》るたびごとに研《とが》ねへの

かみゆひ「イヤそないにとぐと、かみそりがへるさかい。ハテ人さんのつむりのいたいのは、こちや三年もこらへるがな　北八「どふりこそ。いたくてく、一本ヅ、ぬくよふだ　かみゆひ「なんぼいたいとてたかで命にさはることはないがな

北八が田舎者の髪結いをからかったせいで、痛くて首が回らないほどきつく髪を結われる場面である。ひきつって、狐顔になってしまった北さんの顔が目の前に見えるようだ。剃刀は毎日研ぐとへる、お客さんが痛くても自分は平気だし、あなたも命に別状無し！とのたまう、伊勢の髪結いは凄まじい。

あなどりしむくひは罸《ばち》があたりまへゆだんのならぬいせのかみゆひ

こう詠んで、自重自戒して笑い飛ばすのである。読み進むごとに、この狂歌の効果が嬉しくなってくる。

その後、古市の色街へ出かけることに。お遊びで自分たちを大きな商店の番頭衆に仕立てて、京都弁を使うことになった。江戸の妓楼と伊勢の辺では夜の相方の決め方が異なるので、弥次郎は自分が思った女を相方にできず、へそを曲げてしまう。

女「そして此おかたは、京のおかたじやといわんしたに、ものいひが、いつの間にやらおゑどじやわいな　弥次「べらぼうめ、このいそがしいに、京談がつかつてゐられるものか　女「あんまりおまいさんがたがいさかふてじやさかい、ソレ見さんせ、おやまさんがたは、みなにげていかんしたわいな　弥次「いめへましい。もふけへるべい　女「マアよふおますがな　ふぢや「モシこうしよかいな。これから、柏屋の松の間をおめにかけふわいな。たゞし麻吉へお供しよかいな　弥次「いやだ〱。おらアぜひけへる〱　ふじや「ハテよござります　弥次「イヤとめやアがるな。いめへましい　トすっと立てかへろうとする。仲ゐども立かゝりて、いろいろあいさつし、とめてもとまらず、ふりはなし出かけたるところへ、あいかたのおやま初江立出　「これいし。なんじやいし　弥次「とめるな。よせへ〱　初江「おまいさんばかり、そないになア、かへる〱といわんすがな。わしがお気にいらんのかいし　弥次「イヤそふでもねへが、こゝをはなせはなせ　初江「わしやいやいし　ト又かけ出しそふにするを引とらへむりむたいにはをりをぬがせる　弥次「イヤ羽折をどふする。よこせ〱　トいひながら、又かみいれたばこ入をとられる　弥次「コレサおらアけへる〱　初江「じやうのこわい人さんじや　トいひながらおびをぐっとひきほどき、きものをぬがせよふとする。弥次郎は、あかじみたる、ゑつちうふんどしをしめてゐたりしゆへ、はだかにされてはたまらぬと、大きにへきゑきし、きものを両手におさへて、弥次「コレ〳〵、もふかんにしてくれ　初江「そじやさかい、こゝにゐさんすか
弥次「ゐるとも〳〵　仲ゐ「はつ江さんもふ堪忍してやらんせ　ふじや「サア〳〵よござります。これへ〳〵　ト弥次郎が手をとりもとの所に引すへる　北八「ハヽヽヽ、おもしれへ〳〵。弥次さん斯もあろふか

むくつけき客もこよひはもてるなり名はふる市の
おやまなれども

この一首でみんな大笑いして仲直り。この感覚が素晴らしい。物語の中で、狂歌の占める位置の重さが感じられるのだ。麻吉旅館は現在も営業中で、私もここで何度か『東海道中膝栗毛』のお話をさせていただいている。麻吉旅館は、当時の雰囲気そのままで、なんだか自分が江戸時代の旅籠に泊まっている気になってくるところだ。

麻吉旅館

弥次郎が庭に捨てた褌が庭の松に引っかかり、次の朝、弥次郎は大恥をかく。妙見町の藤屋に戻り、内宮外宮の巡拝のため宿を出る。

是より内宮《ないくう》、一《いち》のとりゐより、四ツ足の御門、さるがしらの御門をうちすぎ、御本社にぬかづきたてまつる。是天照皇太神《あまてらすおおんがみ》にて、神代よりの神鏡《しんきょう》、神劒《しんけん》をとつて、鎮座《ちんざ》したまふところなりと

日にましてひかりてりそふ宮ばしらふきいれたもふ伊勢の神かぜ

こゝにあさ日のみや、豊《とよ》の宮よりはじめて、河供屋《かわぐうや》ふるどのみや、高の宮、土のみや、其外末社、ことぐゝごとくしるすにいとまなし。風のみやへかゝる道に、みもすそ川（五十鈴川）といふ有

引ずりていく代かあとをたれたもふ御衣裳川《みもすそがわ》のながれひさしき

すべて宮めぐりのうちは、自然《しぜん》と感涙肝《かんるいきも》にめいじて、ありがたさに、まじめとなりて、しやれもなく、むだもいはねば、しばらくのうちに順拝《じゅんぱい》おはりて、もとの道に立いで、頓《やが》て妙見町にかへり、こゝにてかの上がたものと別れ、弥次郎北八両人のみ、藤屋を昼《ひる》だちとして外宮へまいる。

これまでのドタバタ騒ぎは影を潜め、この話の中で最も厳粛に描かれているのである。さすがの滑稽本も、伊勢神宮の威厳には脱帽か——。

このあと弥次郎はどうしたことか急激な腹痛に苦しむ。薬を飲んでも効かず宿を借りようとしていると、ある宿屋の亭主が声をかけてくれた。自分の妻が産み月なので医者が来るから、その時診てもらえと言う。

いよいよ産婆さまが来るが、弥次郎と妻を間違えて、弥次郎のお産？　の世話をする。違う部屋での女房のお産は安産で、赤ん坊の元気な声が聞こえてきた。弥次郎は厠へ走り、思いきり安産？　をする。なんと！

「めでたい〱。三国一の玉のよふな、おとこの子が生れた　トよろこびのこへともに、ていしゆにこ〱して立出　「コレハおきやくさま。おやかましうござりませう。先わたくし妻《さい》も安産《あんざん》いたしました　トいふうち弥次郎もせつちんより出「さて〱おめでたい。わしも今、せつちんで、おもいれあんざんしたらば、わすれたよふに、心よくなりました　ていしゆ「それは、あなたもおめでたい　北八「おたげへに、めでたい〱　トこれよりよろこびの酒くみかはして、とりあげばゞのまちがひやらなにやらかやら、はなしあひて大わらひとなりける。めでたし〱

一九は流行作家になったが、その人生における日々の生活はあまり楽ではなかったようだ。おまけに、江戸の大火で焼け出されたりしている。

こんな貧乏生活エピソードが語り継がれている。

ある年のお正月、年始まわりで着る着物がなくて、たまたま遊びに来た友人に風呂をすすめて、そのすきに友人の着物を着て年始まわりに出かけたという、ウソのようなホントの話である。まさに、弥次さん。北さんがやりそうな話。

天保二（一八三一）年八月七日。死んでいく時も、滑稽本の作家らしく剽軽な狂歌を残し、この世を去っている。

此世《このよ》をばどりやおいとまにせん香《こう》の煙《けむ》りとともに灰左様《はいさよう》なら

六十七歳であった。あっぱれ、感服の至りである。

大黒屋光太夫を追う

——井上靖、吉村昭、二大文豪が描く漂流文学

一　二つの大黒屋光太夫

文豪井伏鱒二の「漂流文学」といえば、昭和十三（一九三八）年に第六回直木賞を受賞した『ジョン萬次郎漂流記』を一番に思い浮かべるだろう。井伏には『漂民宇三郎』という、昭和三十一（一九五六）年に日本芸術院賞を受賞した作品もあり、如何に井伏が「漂流記」なるものに興味を抱いていたかがわかる証左ともなるだろう。その他の作家にも『中濱万次郎』と題するような本は出されていて、「アメリカ」を初めて伝えた日本人万次郎の人気は健在である。

確かに、井伏鱒二とジョン萬次郎は「漂流文学」「漂民」の嚆矢である。しかし、それに負けずとも劣らぬ凄い漂流文学が私の身近にあったのである。

三重県鈴鹿市に住まいしながら、漂民大黒屋光太夫を知らないのは全くの損失である――と、今つくづく考えている。殊に、生まれた地が海に近い四国の徳島……という私にとっては、猶更のことである。

＊

私は、大黒屋光太夫産土の地で、二度お話をさせてもらっている。

最初の企画出演は、平成二十二（二〇一〇）年十一月十四日、鈴鹿市若松の大黒屋光太夫記念館で、開館五周年記念として《海のむこうへのあこがれ―漂流記と漂流文学―》の特別展が開かれた年の秋のことである。その関連行事として〈バラライカ・ミニコンサート＆『おろしや国酔夢譚』、『大黒屋光太夫』朗読会〉が若松公民館多目的ホールで開催されたのだ。その折、朗読・進行担当として出演させていただいたのである。

それまで私にとっては、「大黒屋光太夫」という名は、住んでいる地に関係している、単なる文学作品上の一つの名でしかなかったのであるが、その折のイベントでは、文学に関係する者として、井上靖『おろしや国酔夢譚』と、吉村昭『大黒屋光太夫』の二作品における、作者の描き方を比較しながら朗読させていただくことにした。

出演依頼後、いわゆる「漂流文学」なるものを真面目に読み始めたことは言うまでもない。鈴鹿市住民であるという一応の自覚は、これまでも辛うじて有していたので、緒形拳や西田敏行が出演して映画化された、井上靖先生の『おろしや国酔夢譚』は読んでいた。加えて、平成十五（二〇〇三）年、お元気だった頃の吉村昭先生が鈴鹿市文化会館で講演されたのをきっかけに、吉村先生の『大黒屋光太夫』を慌てて読んだ記憶がある。

二度目の出演は、元号が令和にかわって間もなくの令和元（二〇一九）年五月八日、三重県

大黒屋光太夫

生涯学習センター主催「郷土を歩こう！」の「漂流民大黒屋光太夫の地を歩く」企画であった。その折は、大黒屋光太夫顕彰会の方々と学芸員さんのガイドによる歴史散歩の後、和太鼓とのコラボで井上、吉村両作家の「大黒屋光太夫」を解説、朗読させていただいた。

＊

まず、大黒屋光太夫一行の歩んだ、過酷窮まり無い出来事の大要を記しておこう。

江戸時代、伊勢の若松白子から江戸に向かって出港した「神昌丸」が遭難し、光太夫一行は漂流民となってしまう。その後、十年にわたるロシア放浪の末に、夢にまで見た故国日本へたどりつくのである。

その顛末を、井上靖『おろしや国酔夢譚』と、吉村昭『大黒屋光太夫』という二作品において、それぞれの視点から書き上げたのが、〈大黒屋光太夫〜二大漂流文学〉なのである。

井上靖『おろしや国酔夢譚』は、「文藝春秋」に昭和四十一（一九六六）年から四十三年にかけて連載された作品である。四十三年に文藝春秋社から単行本が刊行され、平成四（一九九二）年には映画化もされて、世に「大黒屋光太夫」の名を広めた作品としても有名になった。在りし日の緒形拳が光太夫を、若き西田敏行が庄蔵を演じて話題になったことは記憶に新しい。

中国・アメリカ・韓国・ロシアという日本と関係の深い諸国との関わりを、「歴史小説」という形にし多くの作品を生み出してきた井上靖の代表作の一つとなったのが『おろしや国酔夢譚』である。

『おろしや国酔夢譚』は、桂川甫周著・亀井高孝校訂『北槎聞略』を基本資料として書かれていることは周知の通りである。亀井高孝は、漂流民光太夫を見つけた歴史学者として名を残す学者だ。

井上靖は、この作品を書くに至った執筆動機を、その著『過ぎ去りし日日』の中でこう記している。

日本とロシアの交渉史の中から、一番大切な問題を拾って、いつか、それを小説で取り扱うことは、数年前から自分に課していたことであったが、「北槎聞略」を読んだとき、それはここに書かれている光太夫の漂流物語以外あり得ないと思った。

加えて、「書きたくて堪らない材料」「自分で楽しみながら書いた」「その中にいくらでも作者が入って行くことができた」「書きながら、これほど楽しませて貰った小説は他にない」とも書いている。

己に課した天運のごとき業を、楽しみながら……楽しませてもらった……と記すことのできる作家は、実に天恵を与えられた希有な人であろう。創作者としての躍動感が、ビンビンと伝わってくる文章である。

吉村昭『大黒屋光太夫』は、平成十三（二〇〇一）年から翌年にかけて「毎日新聞」に連載された作品だ。つまり、先に井上の小説が出ている状態で書かれたということである。吉村昭は、それまでに漂流を題材にした小説を五編発表している。大黒屋光太夫についても、書いてみたい……という気持ちは強く抱いていたようだ。光太夫——作家の書く気を、起こさせる人物のようである。

しかし、先にあのように話題になった井上靖の『おろしや国酔夢譚』が書かれているのである。最初は、やはり自分は執筆をしないでおこうと思っていたようだ。

だが、運命は吉村昭という作家に「光太夫を書け！」と、指し示していくことになる。昭和六十一（一九八六）年、地元若松の倉庫から古文書が発見され、それまで周囲が抱いていた〈帰国後の光太夫たちのイメージや解釈〉が大きく変化したのである。

それは「大黒屋光太夫らの帰郷文書」と題されたのであるが、それを読むまでは、光太夫は帰国しても一度も故郷の土を踏むことが許されなかった――と考えられていたのに、その古文書には、実は帰国から十年後の春に里帰りしていたことが記録されていたのだ。

書きたいと思わせる魅力を捨て切れなかった折、こんな資料が出現したということは、先の井上靖と同じく天からの恵みを与えられたということなのであろう。吉村昭は、光太夫と一緒に帰国した水主の磯吉の聞き書きである「極珍書」（心海寺住職著）や「露西亜国漂舶聞書」を得て、それまで諦めていた気持ちを上向きにし、井上靖とは異なる視点から書いてみようと決断するのである。こんな小説めいた経緯が、小説『大黒屋光太夫』にはあったのだ。

「毎日新聞」連載終了後、その紙面で吉村はこう語っている。

「この小説を書く間、死にたくない、と何度か思い、どうしても書き終えたいと願った。

それが果たせたことに、満ち足りた思いである」

吉村昭最後の随筆集として出された『ひとり旅』の中で、「ぼくは、漂流文学こそ、日本の誇るべき大海洋文学だと思っているんです。」と語った吉村の思い——作家としての物凄いエネルギーに、圧倒されっぱなしである。

二 『おろしや国酔夢譚』と『大黒屋光太夫』を比較する

1 【光太夫の話が出てくる最初部分】

伊勢亀山領白子村の百姓彦兵衛の持船神昌丸が、紀伊家の廻米五百石、ならびに江戸の商店へ積み送る木綿、薬種、紙、饌具《せんぐ》などを載せて、伊勢の白子の浦を出帆したのは、天明二年（西紀一七八二年）十二月十三日のことである。

（井上靖『おろしや国酔夢譚』文藝春秋）

＊

羽織、袴《はかま》をつけた光太夫は、伊勢国白子《しろこ》浦（現三重県鈴鹿市白子町）の砂浜に立って海に眼をむけていた。

砂浜は北にむかって長くのび、松の林が砂浜とともに遠くつづいている。文字通りの白砂青松で、これほど美しい海浜を他の地で眼にしたことはなく、この地を故郷としているのを誇りに思っている。

（吉村昭『大黒屋光太夫』毎日新聞社）

井上靖、吉村昭両文豪が書いた「光太夫二大航海記」と呼べる小説が、どのように描かれているのか、比較しながら読んでみようと思う。まず、引用したのは光太夫が登場する場面だ。

井上靖『おろしや国酔夢譚』は、大黒屋光太夫について小説を綴る前に「序章」を置き、「それ以前に漂流して（中略）…再び日本の土を踏むことのなかった不幸な漂流日本人たちのこと」をまず記す手法をとっている。光太夫以前に、デンベイ、サニマ、ソウザ、ゴンザ、竹内徳兵衛一行が、過去四回にわたりロシアの土を踏んでいたのを、私はこの書で知ったのであった。

そのあとに置かれた「一章」から、作者は「運命」を主語に置き、光太夫たちの乗った難破船の悲劇の様を、俯瞰的に捉えて描き始めるのである。

『おろしや国酔夢譚』には、光太夫一行を描いた本文から少し離れて、同時期の歴史上の事件や周辺の人物の歴史的説明が時折挿入されることがある。これが小説の世界を大きく広げているのだ。その時光太夫たちが否応なしに置かれていた世界の全体像が、読者にありありと見えてくるのである。

比して吉村昭『大黒屋光太夫』は、「白子浦」の章で、海を見ている光太夫の姿を描くことから始まっている。白砂青松の美しい白子の砂浜を誇りに思う姿である。そのすぐあとに、白子の歴史が綴られる。本能寺の変の折の徳川家康の「伊賀越え」のことや白子型紙の話も記されているのだ。私も含めた地元民にとっては、心躍る嬉しい部分である。

白子浦を出発したあと鳥羽浦に寄港する話になり、小高い日和山や、頂上にある方位石のことも書いてある。「鳥羽浦は、子を抱く母のような安息にみちた港」と書かれてもいる。最近、鳥羽と縁深くなっている私には、ついつい微笑んでしまう部分である。

二つの小説の最初部分を読んだだけで、ある歴史の事実を小説化する折に、書き手がどこに視点を置いて描こうとしているのか、その最良のお手本を見せてもらっている気がしてくる。

2

【神昌丸、暴風雨にみまわれて海に漂うシーン】

この舵の折れるきしみが逆巻く波浪の音の間から聞こえたのを境に、船頭光太夫は勿論のこと、一緒に乗っていた十六人の船乗りたちは、彼等が夢にも想像できなかった大きな運命の手に弄ばれることになったのである。運命は先ず神昌丸を何日か狂騰する波浪の中に揉めるだけ揉んで、すっかり船乗りたちがあくを落してしまった頃を見計らって、船を大きなうねりだけがある静かな洋上に置いた。そしてあとは船を北へ北へと運んだ。明けても暮れても、船乗りたちは黒い潮だけしか見なかった。

(『おろしや国酔夢譚』)

＊

海に視線をむけていた三五郎は苛立ち、光太夫に、／「船は北西にむかって進んではいるが、地方《じかた》はいっこうに見えぬ。この先にはまちがいなく地方があると思っていたのだが……」／と、息をつくように言った。／光太夫は、返事をすることもできず黙っていた。／鳥羽浦を出船して以来、陸岸を眼にしたことはない。船の進行方向に陸岸などなく、果てしなくつづく海があるのかも知れない。深い絶望感が胸にひろがり、かれはうつろな眼を海にむけた。海鳥の飛ぶ姿もない広大な海が、無気味なものに思えた。

(『大黒屋光太夫』)

『おろしや国』に描かれたのは、「運命」の前に為すすべもなく翻弄され続ける光太夫一行の姿である。運命が彼らの生命を取り上げ、運命が態度を改めて次の試練を一行にぶつけてくるのである。

『大黒屋』には、伊勢大神宮様に祈り続ける船の人々の叫びが描かれていて、彼らの台詞ひとつひとつに血が通っているのを感じる。

引用した部分の暴風雨に弄ばれた後、光太夫一行は「運命」のなすがままに、アムチトカ島からペテルブルグまでの凄絶な行程を経験することになる。最後は、光太夫と磯吉の二人だけが生存しているという結果になりながら……。

イルクーツクに入った時、庄蔵の凍傷が悪化して脚を切断しなければならなくなるシーンがある。映画では、若き西田敏行が演じた庄蔵である。

3 【庄蔵の脚切断手術の描写】

光太夫は役所に出向いて行って、医師の来診を求めた。医師は宿舎へ来て庄蔵の脚を診るや否や、このまま放置しておくと、腐爛《ふらん》は大腿部にまで及び、果ては一命にも関わるだろうと言った。／庄蔵の手術はすぐ行われた。医師は大鋸で庄蔵の脚を膝の下より切り棄て、焼酎で作った薬を木綿に浸し、それで傷口を巻いた。僅か一刻か二刻の間に、庄蔵の片方の脚は失われてしまったのである。手術には光太夫と小市が立ち会った。苦しからぬ筈はなかったが、庄蔵は声を上げないで耐えた。庄蔵が我慢強い性格であることは知っていたが、誰もまさかこれほどとは思っていなかった。

（『おろしや国酔夢譚』）

＊

光太夫は、両手を突いて辛うじて立ち上ると、扉の外に出た。一刻も早くこの場をはなれたかった。恐らく庄蔵は、院内のどこかの部屋に身を横たえていて、そこに医者たちと男たちが入ってゆくのだろう。／眼がくらみ、光太夫は足を踏みしめて通路を病院の入口の方に歩いた。今にもどこかの部屋から庄蔵の絶叫する声がきこえてくるような気がして、板壁に手を突きながらよろめきながら進んだ。ようやく前方に、病院の入口が見えてきた。かれは、足をふらつかせながら路上に出た。／鍛冶屋の家にもどった光太夫の血の気の失せた顔を見た水主たちは驚き、小市が、／「どうかなさいましたか」／と、不安そうにたずねた。／光太夫は、腰を落とし、頭を垂れて身じろぎもしなかった。水主たちが光太夫のまわりに坐り、顔を見つめている。

（『大黒屋光太夫』）

二つの小説は、あきらかに違う。『おろしや国』は、脚を切られる庄蔵の忍耐強さをさらりと描いている。かくのごとき現実を、あまりくどくどと書きたくなかったのだろう。何を、どこを小説化するかは作者次第なのだ。

かたや『大黒屋』は、光太夫は手術には立ち会わず、庄蔵の絶叫を想像しながらよろめいている姿を描いている。鋸で引き切るというリアル感もあり、読んでいても痛々しさは尋常ではなくなってくる。

手術後の庄蔵の眼の描写も加えている。「その眼に、光太夫は空恐しさを感じた。うつろな眼であり、感情をおさえた諦めのただよっている眼の光で、今まで見たこともない庄蔵の眼であった。」と書く。足を切断されるということが、実に残酷極まりない現実だということを作者は言いたかったのだろう。

このあと、漂流民の子が光太夫たちを訪ねてくるシーンでは、『おろしや国』は彼らの印象を描いている。これは『大黒屋』には描かれていない、井上靖独自の描写である。漂流民の子の印象を「不気味な、見るべからざるものを眼にしたあとの不快感が残った。何とも言えぬ厭な思いであった。」と書いている。自分たち以外にも漂流してここに来た日本人がいた。そしてその子が日本人の光太夫たちに会いに来て、満足そうに帰って行った……光太夫たちは、それを厭な思いで見ているのである。

『大黒屋』では〈漂流民の宿命〉という章で、漂流民の子と面会する場面が描かれる。お互いの会話が続く中で光太夫が抱いた思いは、こう記されているのである。――「光太夫は、家族愛の深さに感動した。」

二つの小説を読み比べてみると、一方だけに記されていてもう一方には書かれていない独自の話がいくつか出てくる。

漂流地において、外国人の前でも堂々としている光太夫の姿に、九右衛門が感動して泣く場面。イルクーツクのアンガラ川の氷が溶け、それを見に行く時、磯吉が片脚を失った庄蔵を背負って連れて行く場面。ラックスマンの硝子工場を見学させてもらう場面。それらすべて『おろしや国』のみに書かれた描写だ。

『大黒屋』においても同じことが言える。先の鳥羽浦の描写のごとき、独自の出来事や場面をあちこちに置いているのだ。〈孤島〉の章で描かれた、最初の漂流地アムチトカ島の首長の娘オニインシ殺害事件には、衝撃を受けた。

〈混血児〉の章では、日本人漂流民の娘エレナと磯吉の恋が描かれている。

何度も読んでいると、両方の小説世界が合体していき、私の中で光太夫の総合体のごときものが生まれてくるのを感じるようになってくる。

こんな読み方もあるのだなあ……と、私が最も驚いている人かも知れない。

4【女帝に拝謁する場面】

「可哀そうなこと」／そういう声が女帝の口から洩れた。／「可哀そうなこと、――

ベドニャシカ」／女帝の口からは再び同じ声が洩れた。光太夫にとっては一切のことが夢心地の中に行われていた。暫くすると、執政トルッチンニノーフの夫人であるソフィヤ・イワノウナが進み出て来て、／「漂流中の苦難、死亡せし者のことなど、詳しく陛下に申し上げるよう」／と、言った。光太夫は直立した姿勢のままで、アムチトカ島へ漂流してから今日までのことを、ゆっくりした話し方で、いささかの間違いもないように注意して話した。……（中略）……「オホ、ジャルコ」／と、低く女帝は口に出して言った。これはこの国の人々が死者を悼《いた》む時に使う言葉で、女帝は不幸にも異国に於て他界した十二人の日本の漂流民に対して哀悼の意を表したのであった。

（『おろしや国酔夢譚』）

＊

光太夫は、臆してはならぬと自らをはげまし、女帝の耳にも達するようにはっきりした口調で話しはじめた。故郷白子浦を出船してから大暴風雨に遭遇し、舵、帆柱を失って漂流、飲料水が尽きて雨水を貯め、辛うじて渇きをまぬがれた。……（中略）……「日本ヲ出マシタ時ハ十七人デシタ。シカシ、今デハ私ヲフクメテ生キテイルノハ五人デス」光太夫は、それで口をつぐんだ。／広間に立ち並ぶ高官も女官たちも、光太夫に視線をむけて身じろぎもしない。女官の中には眼に涙をうかべ、布で眼頭をおさえる者もいた。／「オホ・ジャウコ」／という女帝の声がした。／光太夫は、それがかわいそうにという言葉であるのを知っていた。

（『大黒屋光太夫』）

光太夫の話の中で、最も有名なシーンかも知れない。皇帝エカテリナ女帝の即位記念日、ついに光太夫が女帝に謁見することになる、あのシーンだ。

『おろしや国』は、女帝への報告を「いささかの間違いもないように注意して話した。」と書き、その細かな経過を語ることまでは書かないが、『大黒屋』は、読者にとっては「思い起こせば、こうだった」と感じさせるように、「故郷白子浦を出船してから大暴風雨に遭遇し」……と、事の次第を細かに伝える光太夫の姿を描いている。

両方の小説に共通して描かれるのは、この後、女帝が「彼らは随分前から帰国の願いを出していたはずなのに、どうして私に届かなかったのか」と問うシーンだ。

5　【光太夫帰国翌年の西洋式の新年会（おらんだ正月）での様子】

会の中頃、光太夫はひどく無気力になっている自分に気付いた。ロシアのことについて語れば語るほど、気持が沈み、心が衰えて行くのをどうすることもできなかった。

そのうちに一番光太夫の漂流生活について詳しく知っている甫周が、光太夫の人柄について、またその漂流からロシアの女帝の殊遇を受けるに至るまでの顚末について語った。光太夫が自分で語るべきことを、甫周が替って受持ってやっている恰好であった。／光太夫は甫周の言葉を耳に入れたり入れなかったりしていた。時々、光太夫は語っている甫周の方へ顔を向け、またそこから眼を他に離した。確かにそこでは自分について語られていた。併し、自分とは全く無関係なことが語られていると言っても間違いではなかった。

（『おろしや国酔夢譚』）

＊

光太夫は、参会者が自分を単なる異国からの帰還者としてではなく、豊かな異国についての知識をそなえた人物として畏敬の念をいだいているのを感じた。／玄沢にうながされて洋学者たちはつぎつぎに光太夫に質問をはじめたが、それはもっぱらロシアの医学に関するもので、光太夫は、あらためてかれらが西洋の医学知識を熱心に吸収しようとしているのを知った。／ロシアの文字はどのようなものか、と質問する者もいて、光太夫は差出された紙にたずさえてきた鵞《が》ペンで、正月、大光と書き、別の紙にそれをロシア語でしたためた。大光とは大黒屋光太夫のイニシャルであった。

その紙が学者の手から手に渡され、オランダ語とは異なった形の文字に、かれらはしきりに感じ入っていた。／やがて会はお開きになり、光太夫は学者たちとなごやかに別れの挨拶を交し、用意してくれた駕籠に乗って芝蘭堂をはなれた。その日のオランダ正月への出席は、かれにとって快いものであった。

（『大黒屋光太夫』）

『おろしや国』最後の場面では、日本に帰ってからロシアのことについて話をさせられる折の光太夫の憂鬱が描かれていく。

光太夫は、日本に帰ってきたはずの磯吉と己が、「流刑地に居る」と感じているのである。ここに、『おろしや国』という小説の文学性が存在するのだと思う。「運命」に翻弄されたのは、波間に浮かんでいた時だけではない。帰国後の憂鬱や孤独感も、「運命」のなせる業なのだと感じているのである。

それに比して『大黒屋』は、徹底的に史料にこだわる客観性を有している。一緒に帰国した磯吉の聞き書き「極珍書」「魯西亜国漂泊聞書」を基に書かれた『大黒屋』の最後の場面で、洋学者たちの集まる「オランダ正月」に招かれて話す光太夫の心は「快いもの」に溢れていると描かれるのである。

「最後に、光太夫たちが故郷の白子浜に帰れなかったのが悲しすぎる」とは、井上靖『おろしや国酔夢譚』や映画作品に接した人がよく言う言葉である。

だが、光太夫と磯吉が、帰国したにもかかわらず罪人扱いされて江戸に幽閉状態に置かれていた——という説を、新しい資料が、どんどんひっくり返していく。帰郷の事実を示す史料は、我が鈴鹿市にとって、読者にとって、本当に喜ばしい存在となったわけである。『大黒屋』が書かれた時点では、すでに磯吉が故郷に帰っていることは判明していた。もどってきた磯吉が光太夫に報告する場面——自分たち二人の墓が建てられていた、それを見るのは妙な気持だった、と語るのである。磯吉が伊勢神宮にも参拝したと聞き、自分も行きたいと思う光太夫だった。

それが実現して帰郷した折、白子浦で思い余って泣く場面だ。

水主たちの顔が眼の前にうかび、同郷の水主たちの霊が、自分の背に重り合ってしがみついているのを感じた。帰ってきたのは自分と磯吉だけではなく、かれらの霊も自分と同じように白子浦の情景を見つめているのだ、と思った。

(『大黒屋光太夫』)

ここに見るのは、憂鬱や不満や憤り、孤独とは無縁の幸福感である。新しい資料出現前の井上靖『おろしや国』で高められた文学性は、吉村昭『大黒屋』に漂う歴史的、客観的な人間味となんら矛盾はしない。それぞれの作品に作家の入魂の熱情を感じて胸熱くなるのである。

いずれの作品でも、そしてその基となった資料でも、大黒屋光太夫が真なる意味で賢人だったからこそ、生きて帰国できたことが肯ける。すべての真実を書き残したこと・語学の重要性を知っていたこと・人との交流力に満ちていたこと――。

二つの小説を比較しながら読んでいくうちに得、私の確信たるものにもなったのは、光太夫という人物の真っ当な向学心、探求心、生命力である。これがあったからこそ、光太夫は生き延びることができたのだ。彼の人物像は、もちろん、『北槎聞略』や『おろしや国酔夢譚』や『大黒屋光太夫』などの書籍から、私の頭の中に創り上げた像であるが、現在私の中では人間臭い英雄である光太夫の雄姿が定着してしまっているのだ。

先に記した鈴鹿市での〈大黒屋光太夫記念館開館五周年企画〉の進行をさせて戴いた折も、「光太夫という賢人が出た白子浦の〝頭が良くなる白子の名水〟を売ったら売れる」などと、本気で言わせてもらったくらいだ。

その折の出演で得た収穫は、それだけには留まらなかった。様々な「漂流文学」やその資料を読む中で、私の産土の地である阿波へと繋がっていったのである。その折の喜びは、今思い出しても胸が熱くなる。

資料の中に、一八四一年、兵庫を出帆した後漂流し、メキシコや広東を経て帰国した初太郎を、阿波藩主の蜂須賀斉裕が引見したという話が記されていたのだ。その結果、編纂された『亜墨新話』という本は、挿絵も美しい、素晴らしい漂流記となって残っている。

加えて一八四四年に、阿波国の船が漂流してアメリカの捕鯨船に救助され浦賀に帰着した話にも出会った。これは『阿南漂流記』や『乙巳漂客紀聞』などの漂流記となっていくのである。

生まれた地と、今住んでいる地——海に接した地形や文化、習慣まで、深き縁あることを知った時、心から感動を覚えた。

そのうえ贅沢にも得ることができたもの——共に出演したイケメンバラライカ奏者が、その昔、私が音楽活動をしていた時代の恩師のお孫さんだったという事実が判明したのだ。彼と一緒に演奏活動を続けている、私より少し年上の男性ギター奏者とは、逢った途端に大昔からの知己のごとく話が弾んでしまった。

こんな嬉しい一幕があったことも付け加えることをお許しいただきたい。

鈴木小舟の歌
――その過酷で華麗なる人生を辿る

鈴木小舟

菰野で生まれた宮廷歌人、鈴木小舟を知ったのは、三重県主催の菰野町企画で志賀直哉の短編『菰野』の話をさせてもらった時だった。

明治二十九（一八九六）年、戦勝奉告のため、後の昭憲皇太后である皇后陛下が伊勢神宮を参拝された時、旅の御慰みに――と、三重県下の歌人有志が和歌を詠進した。その中の一首が小舟の運命を変えていくのである。

世の中の春には遊びあきにけりいざ鴬《うぐいす》と山こもりせむ

この歌に強い関心を寄せられた皇后陛下は、その当時の御歌所所長高崎正風に調査するように命じられたのだ。私は今でも、この歌に出逢った折の私自身の感動を、ありありと思い出せるくらいだ。「遊びあきにけり」という繊細で悠遠な詠みぶりに、宮廷歌人というイメージを払拭させるほどの衝撃を経験したのである。

写真で見る小舟は、宮廷歌人の先輩である下田歌子（現在の岐阜県恵那市生まれ）とはまた異なった美を有する人であった。清楚で知的な表情の中に、若干の憂いも含んでいるような……魅力ある人である。

県の企画で講師をさせていただいた後、菰野町と御縁ができ、ずっと文学講座講師としてお呼びいただいているのだが、驚いたことに菰野町に関してまったく無知だった私が、四日市市の文学サークル「こすもすの会」が復刻発行した『鈴木小舟刀自歌集』をテキストにして、《小舟さん倶楽部》の講師までさせてもらったのだ。（その復刻歌集発行後に、私は「こすもすの会」の講師で四日市市へ通うようになったのであるが。）《小舟さん倶楽部》での、講座生との共同鑑賞の場の熱気を少しでも伝えたいと思い、和歌短歌の専門家でもない私が、いま拙い筆をとっている次第だ。

伊勢の仙境、湯の山の生みし明治の歌人、鈴木小舟女史の生涯は、頗る奇蹟に富み

たり。余が幼少の頃、病を得て温泉に浴せし時、山姥姿の女史に愛せられ、谿谷の逍遥に薬草の採集に伴はれし事、度々なりき。女史は常に修飾せざるも気品高く、優雅なる風を存せり。後に宮中に奉仕せられたるを聞き、尋常の婦人にあらざる事を悟りぬ。女史逝きて七年、此の麗人のものせし文字の煙、滅せんを惜しみ、恒川氏の助力に頼り、此の歌集を編する事を得たるは、欣幸とする處なり。

こも野菊雲井の庭にはなちにし
高きかをりを世々につたへむ

伊藤平治郎
（以下『鈴木小舟刀自歌集』）

「山姥姿の女史」と書かれているのが小舟である。『鈴木小舟刀自歌集』初版本の編者である伊藤平治郎氏が幼い頃、氏を可愛がってくれた小舟が宮中の歌人となって菰野を離れたことから、小舟の尋常でない優秀さを氏は知ったのだ。ここで書かれている「此の歌集」が『鈴木小舟刀自歌集』なのだが、年月を経てそれを知る人が減っていく中、この歌集を後世にも残したいという思いから、再版を志したのが「こすもすの会」だったのだ。

この歌集を「新年」の歌から鑑賞していこう。

《新年の歌》

新年旅

門松にやとはまかせてあらたまの年のはつ旅おもひ立ちてむ

（門松に　宿はまかせて　新玉の　年の初旅　思ひ立ちてむ　＊以下河原）

当然、古典表記である。「やと」には濁点は記さない。筆で書かれた行書体や草書体よりも読みやすいであろう活字文字で読み進めていっても読みにくいのは、我々が古典読みに慣れていないからである。《小舟さん倶楽部》に参加されている方々も、読み進めていくうちにどんどん慣れていったようだった。

門松に留守番を頼んで、新年早々旅に出たいなあ……と思っているのである。なんて自由で可愛らしい人だろう。宮廷歌人の持つ堅いイメージが途端に崩れていきそうだ。

大正二年元旦に

新玉《あらたま》のとしはたてともとしほきのひとも来《きた》らす文《ふみ》もきたらす

（新玉の年はたてども　年祝ぎの　人も来たらず　文も来たらず）

お正月だというのに、誰も来ないし、誰からも手紙が来ない。明治四十五年七月三十日、明治天皇が崩御されたのだ。昭憲皇太后とともに和歌も多く残した明治天皇の死である。悲しみと寂しさの底で詠む歌だ。

「としほぎ」の歌といえば、『万葉集』の大伴家持の歌を思い出す。

青柳の上枝《ほつえ》よぢ取り蘰《かづら》くは君が屋戸《やど》にし千年寿《ちとせほ》くとそ

〈青柳の枝先をねじって切り取り、頭の飾りにするのは、あなたの家での千年の長寿を祝福するためなのですよ〉という意味だ。青柳の新芽は呪力が強いのである。新年の歌は、本来こんなふうに祝福のムードに満ち満ちているのだ。

だが、その直後大正三（一九一四）年四月十一日、歌人小舟を見出してくれた昭憲皇太后その人が、六十五歳で崩御されるのである。社会事業、女子教育の振興、雅楽復興に関心を持たれた皇太后は、和歌の道にも深く、三万六千首もの和歌を遺されている方だ。

皇太后は、明治天皇の崩御後は、青山御所にお移りになられていた。小舟は宮廷歌人の任を、皇太后崩御と共に去らせていただくことになる。

新年に（大正五年）

ことしより重荷おろしてかろかろとたどるがうれし敷島の道

（今年より　重荷下ろして　軽々と　辿るが嬉し　敷島の道）

「敷島の道」とは、日本人の心を表現するものとして、古来重んじられてきた和歌の道のことである。「敷島」とは、もと大和国の古称だ。

宮廷歌人という華やかな生活を送っていた小舟は、軽々と任をこなしていたわけではないことがわかる。「重荷おろして」の言葉がずっしりと重い。

菰野山にて新年を迎へて

門松にむすふつらゝのしらゆふは都に知らぬかさりなりけり

（門松に　結ぶつららの　白木綿は　都に知らぬ　飾りなりけり）

木綿《ゆふ》とは、楮《こうぞ》の樹皮の繊維で作った糸や布のことをいい、祭の時、神に祈る際に供える捧げ物である幣《ぬさ》として榊《さかき》にかけるものだ。

小舟の歌には、故郷菰野を詠んだ歌が数多くあることに気づく。この歌も、故郷菰野の山で新年を過ごしている時の歌だ。門松に垂れ下がっているつららが、神に捧げる幣に見立てられて詠まれている。「都では、見たことない幣だわ」と、ふるさとの山に包まれながら目を細める小舟の姿が見える。

『徒然草』二十四段にも、斎宮が野宮に潔斎で籠るのは最上のものであり、榊に木綿がかけてあるのはいいものだ——と書いてある。そして、最高に趣深い神社として伊勢神宮が最初に挙げられるのだ。

《春の歌》

をりにふれて
うくひすとあひ住ひせし故郷のこひしき春になりにけるかな
（うぐいすと　あい住まいせし　ふるさとの　恋しき春になりにけるかな）

皇太后がお気に召したあの歌を彷彿させる歌である。鶯と山籠もりしたいと思う昔の山姥の己を、今でも捨ててはいないのである。菰野の山に響き渡るうぐいすの声が聴こえてくるようだ。

一月二十七日朝またきに鶯のなくを聞きて

うくひすの初音聞きつる朝床にまつしのはるゝふるさとの春

（うぐいすの　初音聞きつる朝床に　まず偲ばるる　ふるさとの春）

うぐいすの初音は、微笑んでしまうほど懐かしく愛おしい声である。その声を聴きながら、小舟はまず故郷菰野を思うのだ。「まず偲ばるる」に、故郷遠く暮らす者には、胸がキュンキュンしてくる歌であろう。私も同じだ。

柳

たをやかに見えてもをれぬ青柳をやまと女のこゝろともかな

（たおやかに　見えても折れぬ青柳を　大和女の心ともかな）

《小舟さん倶楽部》で人気投票した折、高得点歌だった中の一首だ。日本女性は、しなやかに、しとやかに見えても決して折れはしないのだ——という、女性宣言のごとき強さを感じる歌だ。私も好きな歌である。

野菫

春ことにおもひいつるはふる郷の伊勢の能褒野の菫なりけり
（春ごとに　思い出ずるはふるさとの　伊勢の能褒野の　菫なりけり）

小舟は、季節の節目節目で故郷を思う人である。ここでは能褒野のスミレを思い浮かべているのだ。能褒野は日本武尊の前方後円墳の御墓がある地である。三重県生まれではない私には、能褒野と聞いてまず思い浮かべるのは、この御墓以外にないのだが、小舟は一面に広がるスミレをまず思うのである。

切ない幸福感に満ちた歌だと思う。

母と弟との看護に不眠不休の努力を續けた結果小舟自身の肉體もひどく損はれた。最初の故障は先づ目に現はれて頑固な眼病が長い間彼女を苦しめた。その内に又胸の病に罹った。明治十五年の夏の頃には醫師の見立ては肋膜炎だといふことであったが翌年の春には肺病だといふ診断を與へられた。鐵石のやうな堅い志を抱いてゐた彼女も遂に恨みを呑んで廢學しその頃下総の古河に隠棲してゐる父を尋ねて行った。

父は幸ひに醫術の素養があるので東京から藥を取寄せて其地で靜養を續けようと決心したのである。その頃の小舟はみづから筆を取って骸骨が酒盛りをしてゐる繪を描きそれを室内に掲げて死生を超越する底の修養に資したといふことである。

（「菰野の女流歌人鈴木小舟とその歌」より
「三重日々新聞」昭和五年五月一日より五月四日掲載される）

安政四（一八五七）年、伊勢菰野藩の伊藤五郎（その後鈴木大三郎・鈴木弘覚と名をあらためている）の娘として生を受けた鈴木小舟は、菰野時代を含む前後、暗い運命が付いて回る、逆境に満ち満ちた生涯と言っても言いすぎではない道を辿っている。

恐ろしく頭の良い、才気優れた少女だった小舟は、また美しい少女でもあった。才色兼備の人として、恵まれた運を持つ人生を歩むかにみえた少女を待っていたのは、過酷極まりない人生だったのだ。

横浜が開港されるや否や万延元年に横浜に行き、尊王攘夷の志士と交わって行動した父は、当然の成り行きとして家庭を顧みない父だった。

その父を訪ねて、母と一緒に横浜まで行ったのだが、父には妾がいてすでに正妻のような存在になっており、小舟母娘を邪魔者扱いしたという。その後父は、ある災厄により絶望して家出をした後、出家してしまう。妾はその機に乗じて家財を奪って逃げてしまった。まるで、ドラマのような話である。

こんな冷酷無比な逆境の中でも、珠のごとき怜悧な少女として育っていったのが鈴木小舟という人だったのだ。

父が出家した翌年、小舟は山口藩士安野美範に嫁いでいるが、その幸せも永くは続かなかった。その夫は、その地で流行していた伝染病で死んでしまうのである。二十二歳の未亡人……。亡夫の弟との結婚話もあったが、亡き夫への貞操を堅く守る決心をする。

その後小舟は、安住の地を求めて上京し、横浜ブライアント女学校に入学している。その後も小舟を不幸が襲う。生母が重病に罹り、学校を休んで看護した。母は癒えたが、続いて実弟も大患に罹り、これは亡くなってしまうのだ。

絶句してしまう運命の過酷さ……。なぜ、ここまで天は小舟を虐めるのだろうと思ってしまうほどの人生難路である。

小舟は〈骸骨が酒盛をしている絵〉を描いているが、その激しい死生観に驚愕するばかりだ。

湯の山寿亭旅館に隣《とな》れる庵に世をのがれ住み、桂園一枝《けいえんいっし》をしをりにて歌の中山奥深

く分け登るを上無き楽しみにて、日を送り、またをりをりに出湯《いでゆ》あみにと登り来たる文人雅客と、道の上語り合ひ、碁のわざ闘はしなど、美しき姿に、とりつくろはむともせず、頭髪風の梳《くしけず》るにまかせ、胸に頭陀袋《ずだぶくろ》をかけ、荒々しき麦稈帽子《みぎわらぼうし》をいただきて、心のゆくにまかせて、山路をすずろ歩くに、出会へる人々の、湯の山の山姥と呼びけりとなむ。

これが、初版『鈴木小舟刀自歌集』が出された折、その跋文に田中滝子が記した小舟像である。「刀自」とは、この世に大きな業績を残し、その存在を高く評価されて社会から尊敬されている、高年の婦人に対する敬称だ。

「湯の山の山姥」と呼ばれたのも無理はない。髪は梳かさず、頭陀袋を首に下げ、ボロボロの麦わら帽子を被って、山路を歩き回っているのである。

「美しき姿に、とりつくろはむともせず」と書かれている。美しい人が襤褸《ぼろ》を纏《まと》っているのである。私の周囲では絶対にお目にかかれぬ女性だ。

過酷な運命に生きた小舟は、「自ら喜んで迎える所の境地」を求めた末、ふるさと菰野の山の淋しい草庵に暮らすことを選んでいる。山姥姿の小舟は竹のステッキを携えていたという。後にそれは仕込み杖だったと判明し、女としての身を自ら守ろうとした小舟の、力強く清く正しい姿勢が窺えるものとなった。
その後の小舟を待っていたのが、昭憲皇太后との出会いである。運命というものの深遠な不思議さを、つくづく感じてしまう。

《夏の歌》

首夏雨

をとめ子か新桑つみて歸りにしあとしつかにも雨そゝくなり
(乙女子が　新桑摘みて帰りにし　後静かにも　雨注ぐなり)

新桑を摘む少女……残念ながら、私の世代でも風景として思い浮かべることはできない。しかし、なんという清涼感か！　と思ったことは確かだ。
「首夏」とは、夏の初めのこと。「朱夏」は夏そのものをいう。同じ発音なのに、意味が全然異なるのだ。だから日本語は難しい。

樹陰納涼

たちよらは大木のかけの謗をすゝみのゆかにおもひ知るかな

（立ち寄らば　大木の陰――のことわざを　涼みの床に思い知るかな）

なんという素直な歌だろうと思う。道徳的な理屈を言うのではなく「寄らば大樹の陰」っていうことわざがあるけど、大木の陰にいると本当に涼しいわ！　と涼しい顔をして喜んでいるのだ。大きくて力のあるものに頼った方が得だ――などという、本来のことわざの意味なんて意味がないのである。

豪放磊落――こんな小舟を見るのも楽しい。

夏夕

今日の日の重荷おろしゝこゝちして夏は夕そうれしかりける

（今日の日の　重荷降ろしし心地して　夏は夕べぞ　嬉しかりける）

「夏は夕べぞ嬉しかりける」と、日常の言葉として吐いてしまいそうな一首だ。忙しい毎日だが、一日の疲れの重さをより一層感じるのは、やはり夏だろう。

実感の籠る歌として、私には印象的な歌だった。

夏窓

すむ人のこゝろの奥も見ゆるまで明けはなちたる夏の窓かな
（住む人の　心の奥も見ゆるまで　開け放ちたる　夏の窓かな）

これも人気投票で高得点だった歌だ。現在なら、エアコンをかけて引き籠もり状態で窓を閉めっぱなしの家が多いだろう。ゆえに、人の心も開放されることはない。みんなが「個」の状態でそれぞれの苦を悩んでいるのだ。「こころの奥も見ゆるまで」窓を開けっぱなしにして声を掛け合う生活は、もう戻っては来ないだろう。

《秋の歌》

朝顔

あさかほのつるはさかえて袖垣の裏まで花の咲きにけるかな
（朝顔の　蔓は栄えて　袖垣の　裏まで花の　咲きにけるかな）

爽やかさを感じる歌だ。「袖垣」とは、門や建物のそばに添うようにして、短く結ってある垣根のことである。朝顔は、こうでなくてはいけない。どこまでも己の進む道を前向きに伸びていく。決して後ろは振り向かない。素直すぎる歌ではあるが、日常生活描写で好感度抜群の歌だと思う。

（山菊を人のもとにつかはしける後に）おなしころよめる

ふるさとの庭にも今やにほふらむわか植ゑおきし山菊のはな
（故郷の　庭にも今や　匂うらむ　我が植えおきし　山菊の花）

小舟には、自分が菰野に植えてきた山菊の花が気にかかるのだ。菊の薫りまで想像している。ふるさとを詠むと俄然「山姥」として生きていた頃の自分に戻るのかも知れない。いや、二度と戻れないあの頃を胸痛いほど思い浮かべているのかも知れない。いずれにしても、故郷を詠む小舟は、美しい。

秋夜

かなし子の衣縫ふ母は秋の夜のふけ渡りしも知らすやあるらむ
（愛し子の　衣縫う母は　秋の夜の　更け渡りしも　知らずやあるらむ）

《倶楽部》の人たちの何人かが、この歌から「ともしびちかく衣縫う母は」で歌い始める「冬の夜」を思い浮べたようだ。小舟の歌は「秋の夜」なのであるが、秋や冬の夜長には「衣縫う母」が似あうのである。もう、日本のどこにもそんな風景は見たくても見られなくなったが。

内にめされつるとしの秋思故郷といふ題たまはりければ
故郷の野邊にはいまやなゝくさの花咲きみちて虫の鳴くらむ
（ふるさとの　野辺には今や　七草の　花咲き満ちて　虫の鳴くらむ）

宮廷歌人として召された年に「秋、故郷を思う」という題で詠めというのに答えて詠んだ歌である。時は秋――菰野の山には秋の七草が咲き誇っているだろう。都会には絶対に望めない大いなる自然の美しさを、小舟は声高らかに歌っているのである。ふるさと讃歌と呼んでいいだろう。

《冬の歌》

初冬月

むらしくれ晴れたる庭のつはふきを照らすも寒き月の影かな

（村時雨　晴れたる庭のツワブキを　照らすも寒き月の影かな）

「むらしくれ」は、「村時雨」または「叢時雨」である。初冬の頃、激しく降ってはやみ、やんでは降る雨のことだ。いわゆる、むら気な、にわか雨である。

ツワブキと寒月の影を絵画的に見ている小舟がいる。

落葉

うつくしき紅葉を子らはひろひけり母か箒《ほうき》のもとに寄り来て

（美しき紅葉を　子等は拾ひけり　母が箒のもとに　寄り来て）

一服の母子像を観る思いだ。落葉をほうきで掃く母のそばに、子ども達は寄って来る。そして、紅葉の中で一番美しいものを探している。「箒《ほうき》」は「帚《ははき》」が変化した言葉だ。『源氏物語』の「帚木《ははきぎ》」の帖が頭に浮かんでくる。

寒椿

高き香を梅にゆつりて玉つはき葉かくれに咲く色そゆかしき

（高き香を　梅に譲りて　玉椿　葉隠れに咲く　色ぞゆかしき）

これも《倶楽部》で人気の歌。玉椿の奥ゆかしさに軍配が上がったようだ。「香」を譲り、陰で慎ましく「色」で己を保つ玉椿の姿が、凛々しく愛らしく見えてくるようだ。人もこうでありたいものだ。

寒鴉

むらからすあらそふ聲そかしましきとりのこしたる柿の梢に

（村カラス　争ふ声ぞ　姦しき　採り残したる　柿の梢に）

「寒鴉」とは、文字通り冬のカラスのことである。我が家の柿の木に鈴なりになっている柿を狙っている鳥の中で、最も憎らしいのはカラスである。

だが、そのカラスが荒々しく食べた残りものである穴の開いた柿を、小さな鳥が突っつくのだ。小鳥のくちばしでは無理な柿の固い皮を、カラスに開けてもらうのである。憎らしいカラスではあるが、小鳥隊の先陣を切っているようで、感心してしまう自分もいることに笑ってしまう。

小舟の歌の世界は、私自身の日常をも包み込んでしまうようだ。

あしひきの山姥すかたそのまゝに雲井の庭を踏むかかしこさ

明治三十四（一九〇一）年五月二十五日、宮中に召された折の小舟の歌だ。

明治三十四年春、名古屋の歌人林隆夫氏が湯の山を訪ねた折、山姥姿の歌人を見出した。そして、この女性こそが「いざ鴬と山籠りせむ」と歌った人だと知るのである。そのことが、最初に書かせてもらった高崎御歌所所長に報告された。運命は、小舟を手の上に載せて虐め続けたのではなかったのだ。

小舟が菰野の山に帰り、山姥姿で生活をするようになってから、十七年が経っていた。小舟四十五歳の人生大転回の瞬間であった。

斎藤緑雨と樋口一葉

——蛇蝎のごとき男のまごころ

私が長年住まいしている鈴鹿市で、その昔生まれ育ったという斎藤緑雨は、樋口一葉晩年の日々を、とりわけ濃厚な光で照らした人物だ。

緑雨は、正直正太夫の名で当時の文壇を震え上がらせた人である。一葉より五歳年上。一葉の死後は妹の邦子を経済的に支え、一葉の母が亡くなった折は、葬儀全般を引き受けた人なのだ。

斎藤緑雨

斎藤緑雨は、慶応三（一八六七）年十二月三十日、現在の神戸二丁目に、父利光、母のぶの長男として生まれている。慶応三年がどんな年か——ということは、夏目漱石の満年齢が明治の年号と一致していることで知られている年でもある。つまり、江戸時代の最後の年に生まれたということだ。同い年に、幸田露伴、尾崎紅葉、正岡子規がいるのだが、その年は偉大な文豪を数多く生み出した年なのである。そのメンバーの中に、斎藤緑雨もいるのだ。

一葉の『たけくらべ』が「文芸倶楽部」に再掲載されて、幸田露伴、森鷗外、斎藤緑雨が「めざまし草」の「三人冗語」で大絶賛したことが、一葉と緑雨を近づける因となった。

一葉の文学仲間である平田禿木が、喜び勇んで一葉のもとへ持参した新聞広告は、「めざまし草」に掲載された、『たけくらべ』への鷗外からの絶賛の評だった。禿木は、一葉のことを「容姿は紫式部ではなくて清少納言に近い」と言った人だ。一葉とはひとつ違いで、非常に仲の良かった仲間である。その禿木が、自分のことのように喜んでくれている。鷗外の評は——。

「われは、たとへ世の人に一葉崇拝のあざけりを受けんまでも、此人にまことの詩人といふ名を送る事を惜しまざるべし」（以下『全集　樋口一葉　日記編』小学館）

仲間も興奮して喜ぶこの大反響に対して、一葉自身は「槿花《あさがお》の一日の栄え」などと言いつつ、冷静に己れの位置を自覚していた。自分が女だから持て囃すのだと思っているのである。若くして死ぬ天才は、やはり違う。私のような者は、露伴、鷗外、緑雨に褒められたら、隅田川に飛び込んで喜びを表現してしまうかも知れない。一葉に比して、恥かしい限りである。

「みづの上日記」明治二十九（一八九六）年五月に書かれた、緑雨が一葉宅を来訪する直前の日記——。

我れを訪《と》ふ人十人に九人までは、たゞ女子《おなご》なりといふを喜びて、もの珍らしさに集《つど》ふ成けり。さればこそ、ことなる事なき反古紙《ほごがみ》作り出《いで》ても、「今清少《いませいしょう》よ、むらさきよ」と、はやし立《たつ》る。誠は心なしの、いかなる底意《そこい》ありてともしらず、我れをたゞ女子《おなご》と計《ばかり》見るよりのすさび。されば其評のとり所《どころ》なきこと、疵《きず》あれども見えず、よき所ありてもいひ顕《あら》はすことなく、たゞ「一葉はうまし」「上手なり」「余《よ》の女どもは更也、男も大かたはかうべを下ぐべきの技倆《ぎりょう》なり。たゞうまし、上手なり」といふ計《ばかり》。その外にはいふ詞《ことば》なきか、いふべき疵を見出さぬか。いとあやしき事どもや也。

一葉は怒っている。「その外にはいふ詞なきか」と書いた一葉の気持が、痛いほどわかる。一葉を「忍従とあきらめの過去の日本の女」と断じた平塚らいてうも、この部分を読んだはずである。

一葉は、「過去の日本の女」などではない。「過去の女」というのは、たとえ女性を武器にして獲得した栄誉であったとしても、それに罪意識など持つことなく、得た栄誉を充分に満足できる体質を有している女——ということではないだろうか。一葉は、そんなことで満足できるような女ではないのだ。

日記において「いふべき疵」を誰も見出してはくれないのか！　と、一葉が嘆いた「疵」という概念は、小説創作の本質論といっていいだろう。まさにそれを指摘してくれたのが、斎藤緑雨であったのである。

正直正太夫こと斎藤緑雨に訪問された一葉は、日頃から「気をつけなければならぬ男」「へそまがりで毒舌家」「怖い人」と、周囲の人間から散々忠告を受けていた。

ところが、緑雨と会ってみると、その男に対して纏っていた己の鎧の重さに反し、物凄い親近感を感じてしまう。実に運命的な出会いだと思う。

緑雨の方は、最初はしたたかに作為的に行動しているように思われるのだが、一葉は緑雨に会ったことで嬉しく愉快な気分になったのではないだろうか。日記からは、その一葉のワクワク感が伝わってくる。

正太夫はじめて我家を訪ふ。ものがたること多かり。

初対面の訪問者である緑雨と、長い時間話し込んだ……という事実は見逃せない。こんな一葉を「過去の女」とは、とても考えられないのである。

一葉も緑雨も一般人に比すると、かなり偏屈な人物だったような気がする。そんな二人が、会ったその日に長い間歓談したのは物凄いシンパシーを感じたからだろう。とても意義ある邂逅だったといえる。日記には、その後も森鷗外の弟である三木竹二がやって来て、「緑雨には、かりそめにも心を許してはいけない」と、わざわざ忠告しに来ていることも書かれているのであるが。

三木竹二が来訪したその夜、緑雨も一葉宅に訪れている。また二人は話し込んだ。最初は、「めざまし草」の内情を話していた緑雨だったが、そのうち我が身の上まで語り出している。そこで口に出したのが「吉原に入りて、かし座敷の風呂番になりとも落つかばやと思ふなり」という台詞なのである。僕は吉原遊郭の風呂番になりたいよ――と語っているのだ。

緑雨と森鷗外は、藩の典医を勤めるという、同じような家系に生まれているのだが、軍医として安定した生活をしている鷗外への劣等感すら匂わせて、緑雨は一葉相手に語るのていたのである。一葉は、その日の日記の最後の部分に「今宵はかたる事いと多かりし」と、再び記しているのである。

一葉の恋の相手とされる半井桃水も、緑雨のことを「いと気味わろき男なれば、かまへて心ゆるし給ふな」と忠告するために一葉宅を訪問している。桃水は、朝日新聞社において一時期、緑雨と机を並べたこともある人だ。

それほど緑雨という人は、周囲から恐れられていた存在だったということだ。緑雨が一葉の私生活を調べるために、まず桃水を訪問したようであるが、直接一葉に会ってみようとしたきっかけは、一葉という物書きへのジャーナリストとしての興味だったのではないだろうか。

だが、二人が実際に会って話し込んでみると、お互い物凄く近い存在であったことに気付いたのであろう。この後、〝緑雨の一葉へのまごころ〟とも言える友情は、一葉死後にはっきりと現れてくるのである。

眉山、禿木が気骨なきにくらべて、一段の上ぞとは見えぬ。逢へるはたゞの二度なれど、親しみは千年の馴染にも似たり。

創作多き一葉の日記といえど、よくぞここまで書いたと思う。いくら緑雨を気に入ったとしても、そこまで褒めなくても……今まで尽くしてくれた親友に対しても……と、一葉に対して声を掛けたくなるほどの描き方である。

されど日記をよく読むと、この時緑雨は車を外に待たせたまま、四時間という長い間一葉と語りあっていたのだということがわかる。いかに二人が意気投合したのかが、はっきりと証明できる出来事だったということだ。

川上眉山は、一葉宅を何度も訪れ、彼女との結婚の噂すら自ら流した男性である。「丈たかく、色白く、女子の中にもかかるうつくしき人はあまた見がたかるべし」と、美男好みの一葉に記された人なのである。

日記に於いて、男性を「春の花」「京の舞姫」と表現する一葉の筆からも、一葉の「新しい女」が見えはしないか。平田禿木も、お互い父がいないことや、幸田露伴を賛仰することでも気が合った人だ。一葉が一番落ちぶれた龍泉寺時代にも、一葉宅を訪れている。

そんな親友たちの名を挙げて、「気骨なき」などと言い、緑雨を絶賛する一葉の気持は、やっと真実の親友に逢えた——という安堵と喜びからではなかったか。緑雨の何がそんなに気に入ったのだろう。やはり通り一遍ではない、緑雨の飾らぬ真摯なまごころを、感じとったからだろうと思えるのだ。

「ものがたること多かり」の、もっと詳しい中身を知りたいものだ。さぞかし、自由自在な文学論が生き生きと飛び交ったのではないかと思われる。

一葉のごとき女性が、ここまで素直に絶賛できる相手の男性、緑雨という人物——なかなか素晴らしい出会いであったのだなあと、誰もが肯くことであろう。

文学講座の折、作品朗読をさせていただく私であるが、一番熱を入れて読んでしまう作品に『にごりえ』がある。一葉がその作品を「熱涙」で書いたのだという人がいるが、緑雨自身は「泣きての後の冷笑《あざわらい》」で書いたのだ、と指摘する。そんなことを言ってくれたのは、緑雨が初めてだったのだ。

世人《せじん》は一般《みな》、君が『にごりえ』以下の諸作を、『熱涙もて書きたるもの也』といふ。こは万口一斉《いっせい》の言葉なり。さるを、我が見るところにしていはしむれば、むしろ冷笑《あざわらい》の筆ならざるなきか。

己が近々死にゆく身であると、一葉自身は感じ取っていただろうと思う。その諦念、虚無感を本当に理解してくれるのは緑雨だけなのだ……と一葉は直感したに違いない。それゆえ、他の男をボロクソに言っても緑雨を評価したかったのだろう。蛇蝎のごとく皆から嫌われている男、緑雨を――。

一葉と緑雨の交流は、実に短い期間であった。二人のたった一年の交流の年である明治二十九（一八九七）年という記念すべき年を足早に辿ってみる。


正太夫のもとよりはじめて文《ふみ》の来たりしは、一月の八日成し。


一月に、一葉に初めて手紙を送った。三月、「めさまし草」に鷗外、露伴、緑雨の作品合評「三人冗語」を連載する。五月、丸山福山町の一葉宅を訪れる。それ以後、交流を深めていく。十一月二十三日、樋口一葉が二十四歳で逝去。

これが一葉と緑雨の出会いと別れである。他の文学者たちと比べて、非常に短期間なのだ。しかし、一葉は書いた。「親しみは千年の馴染にも似たり」と。

一葉の日記には、本音と創作がないまぜになって記されていることは、多くの評者が唱えている。だが、緑雨を描いている日記部分は、一葉の本音が素直に出ていると思う。皮肉な文体で綴ることができるときは、逆に本気本音の一葉の姿が浮かび上がっているのである。一葉日記が斎藤緑雨の訪れた日で終わっていることが、象徴的にそのことを証明しているだろう。

真実のところ、いったいどの箇所が捨てられ、どこを創作したのかよくわからない日記であるが、取捨選択の後、緑雨に関する叙述が洪水のごとく増えていく「日記」の終盤を読んでいくと、一葉晩年の日々の多くを緑雨が埋めていたということが見えてくる。

一葉の死後一年もたたないうちに、緑雨は博文館から「校訂一葉全集」を出した。いくら一葉の妹くにの依頼といっても、緑雨自身が作家樋口一葉に心底惚れ込んでいなければできる業ではない。

私が、活字苦手の若い人達に薦めているのは、『ちびまる子ちゃんの樋口一葉』（集英社）である。ここに登場する緑雨は、決して蛇蝎のごとき風貌ではない。かなりカッコ良く描かれている。「吉原遊廓の風呂番になりたい」と言う緑雨に対して、「わかるわ」と答える一葉。「はは……これだからあなたが好きだ」と緑雨。「あなたにもっと早く会えてたら」と、一葉。それに対して緑雨は答えるのだ。「もっと不幸になっていたでしょう」。ふふ……と微笑みながら、「あたり」と一葉が言う。私の大好きなシーンだ。

この「漫画」で描かれた樋口一葉紹介本は、斎藤緑雨という人物を真実理解して作られた本であることがわかる点でも、大好きな一冊であるということを付け加えておこう。

緑雨は、一葉死後八年目、三十七歳で同じ病により死んだ。彼こそ、一葉にとって最後の訪問者であり、最後の最高理解者、親友、文学の同士であったのである。彼の存在なしには、日本文学史に樋口一葉の名は高々と載らなかっただろうし、はたまた、〝平成十六（二〇〇四）年に発行された五千円札に一葉登場〟の、あのセンセーショナルな出来事はあり得なかったと、私は思うのである。

緑雨が一葉の通夜の席で詠んだ一句――。

霙《みぞれ》降る田町《たまち》に太鼓聞く夜《よ》かな

この句に秘められた、皮肉屋・毒舌家と呼ばれた緑雨という男の裏側に潜んでいる暖かな人間性こそ、樋口一葉のその短い生涯の晩年を救ったのではないか――と思い巡らしている。

佐佐木信綱の人間交流力
——才女たちを応援する文豪先生

一　佐佐木信綱の歌と人間交流力

明治五（一八七二）年、佐佐木信綱は現在の三重県鈴鹿市石薬師町に生まれている。現代を生きる若い世代の人たちでも、日本文学に少しでも興味を抱いている人なら、歌人として、国文学者として、その名はずしりと格調高く頭に刻まれている名の人である。まったく知らない人でも、あの「夏は来ぬ」の作詞者だ——と聞けば、ああ、あの先生……と思い当たるだろう。

うのはなの　にほふかきねに　ほととぎす早も来なきて
しのびねもらす　夏は来ぬ

古典表記にすると、俄然文学的薫りが漂ってくる。

夏が近づくたびに、徳島の母がこの歌をうたっていたのを思い出す。まさか、その信綱生誕の地である鈴鹿に、縁あって住むことになるとは……。

初めてその名を知ったのは、あの歌である。教科書に見たその歌は、「歌」というもの

佐佐木信綱生家

佐佐木信綱の歌碑（薬師寺）

に興味など微塵も持っていなかったその頃の私にも、光り輝いている歌のように思えたものだ。私も薬師寺の境内に立って、塔を見上げているような臨場感でいっぱいになったのである。

ゆく秋《あき》の大和《やまと》の国《くに》の薬師寺《やくしじ》の　塔《たふ》の上《うへ》なる一《ひと》ひらの雲《くも》

薬師寺は平成十（一九九八）年、世界遺産に登録された。その西塔右横に立っている歌碑の説明版には、すべての漢字に仮名がふってある。「たふ」「うへ」の表記が古典文学的だ。大正元（一九一二）年十二月に出版された、信綱第二歌集「新月」の代表歌である。

そのすぐ右横に立っているのが會津八一の歌碑だ。

すゐえんのあまつをとめがころもでのひまにもすめるあきのそらかな

（水煙の　天つ乙女が　衣手の　ひまにも澄める　秋の空かな）

八一の平仮名表記の歌である。「水煙」とは、塔の九輪のてっぺんにある、あの透かし彫りの装飾のことだ。薬師寺には、この歌碑と信綱の「ゆく秋の」が並んでいるので、いつの間にか、私の頭の中ではセットで思い浮かべてしまうようになっている。やはり、薬師寺は秋の空が最高なのだろう。

信綱先生の「ゆく秋の」の歌では、上の句五七五の「の」という格助詞が、流れるような光景に非常に効果的に響いてくる。そして、最後に「一ひらの雲」という美しき名詞でしめる。このリズム感……この歌と教科書で出会った若い私は、虜になってしまった。人に感銘を与える歌というものは、こういうものなのだ——と、その時心底感服してしまったのだ。

ずっと四国の徳島市に住んでいた私の母や伯父は、短歌の人だった。私自身は、三重に来てからずっと俳句の人だった……つもりでいる人間だ。『源氏物語』『伊勢物語』などの古典文学を講ずるうちに、歌というものの魅力と奥深さを知らされた……という、まったく奥手の短歌（和歌）鑑賞家である。

三重県という地は、奈良や京都に非常に近い地なので、車でなら簡単にお気に入りの歌枕を訪ねることが可能だし、日本文学作品の舞台に日帰りで行ける——という特権がある。良い地に来たものだとつくづく思う。

ゆえに、薬師寺には何度か行った。最初に行った時、当然迷わず信綱先生の歌碑をまず拝みに行った。〈平成の大修理〉と呼ばれている、二〇〇八年から十二年かけた国宝・東塔の解体修理の期間にも訪れた。

今回は五月の真夏日だった。完全修復された薬師寺の姿である。コロナで修復の期間が延びました、と受付の女性が申し訳なさそうに言っていたが、何度行っても感動させられる圧巻の寺である。

この薬師寺の東塔と西塔内に安置されている、釈迦八相の像の因相を制作された彫刻家の中村晋也先生は、鈴鹿市に縁ある偉人としても私を幸せにしてくださる方である。この日は、東塔の「入胎《にったい》」「受生《じゅしょう》」「受楽《じゅらく》」「苦行《くぎょう》」、西塔の「成道《じょうどう》」「転法輪《てんぼうりん》」「涅槃《ねはん》」「分舎利《ぶんしゃり》」のすべてをじっくりと拝ませていただいた。まさに、立体の絵巻である。彫刻の釈迦八相像！　見ている間、声も出なかった。

中村晋也先生の作品と薬師寺……といえば、先に「釈迦十大弟子」の像が有名である。薬師寺に安置されている「釈迦十大勢至弟子」に会う前に、菰野町パラミタミュージアムにあるエスキースに出会い衝撃を受けた私は、すぐさま薬師寺に向かった。エスキースで受けた感動は、そのまま薬師寺の大講堂後堂に圧倒的に鎮座ましましていたのである。

奈良の薬師寺と三重県ゆかりの文豪である佐佐木信綱「ゆく秋の」の歌――まさに奇蹟のように、私には感じられたのである。

佐佐木信綱が東大に通学する第一日日の朝、父上の弘綱から手渡されたという、足代弘訓自筆『自警七条』の言葉をここに紹介したい。

人をあざむく為に学問すべからざること。
人とあらそふ為に学問すべからざること。
人をそしる為に学問すべからざること。
人の邪魔をする為に学問すべからざること。
己が自慢する為に学問すべからざること。
名を売る為に学問すまじきこと。
利を貪る為に学問すまじきこと。

文豪佐佐木信綱を、生涯根幹から支え続けた言葉であろう。この七条の言葉の尊さは、文学・学問に限らず、私の中に永遠の聖書のごとく残されている。

二　同い年の文豪——樋口一葉《ひぐちいちよう》

佐佐木信綱と同じ明治五年に生まれた文豪に、島崎藤村と樋口一葉がいる。のちに、この三人が親交を結んだ……という話を知ると、なんとなく心があたたかくなってくる。佐佐木信綱という一人の文豪が、さまざまな文豪たちの交流の交差点の真ん中に立っているような気がしてくるからである。

現在では、「女性初のプロ作家」とプロフィールに書いても良いであろう樋口一葉に対しては、長い交流の年月があったようだ。信綱が東大在学中だった時、中島歌子の歌会で一葉に出会っている。中島歌子は、言わずと知れた一葉の歌の師匠だ。いやそれは再会であって、その前に、一葉が親類の家を訪れた折が本当の初対面だったともいわれている。

一葉が満二十四歳で亡くなったあと、信綱は『一葉歌集』を編集しており、竹柏会から刊行される『心の花』では一葉女史記念号も企画し、八十歳の時には「たけくらべ記念公園」の碑文も執筆しているのである。

明治五年に生まれ、明治二十九年にこの世を去った樋口一葉は、同じ年に生まれ、満九十一歳までの天寿を全うした文豪佐佐木信綱によって、死後も輝き続けることができたのではないだろうか。

才ある文学者としての樋口一葉への、共感と慈愛と惜別の情――佐佐木信綱は真摯で心優しい人だ。

私の頭の中で佐佐木信綱と樋口一葉が結びついた最初は、『筆のまにまに』という随筆集を読んだ折だった。昭和十二（一九三七）年に刊行された、信綱と雪子夫妻共著の本である。その中「思ひ出づるまにまに」と題した大正七（一九一八）年六月の一節を読んだ瞬間、夏目漱石を真ん中にして、佐佐木信綱と樋口一葉がしっかりと私の頭の中で結びついたのである。

信綱が漱石の家へ遊びに行って昔話をした。その折、自分の父と一葉の父とは親しい間柄で、一葉が幼い時に自分の兄の許嫁のようになっていた——と、漱石本人が話したらしい。それを聞いた信綱が、明治の二大文豪の因縁の深さを非常に面白く感じた……ということが書いてあったのである。

この話は、樋口一葉の愛読者や研究者なら誰でも知っている話なのだが、私自身は『筆のまにまに』で知ったのだ。おまけに、もしかしたら漱石と一葉が夫婦になっていたかも？　という巷の噂話まで出てきて、想像しただけでもワクワクしてきたのである。

信綱が、東京帝国大学文科大学の講師になって以来、二十六年間その講師を続けたという事実は、非常に大きな意味を持っていると思う。なぜ、あんなに多くの仲間や弟子が集まってきたのか——それも「文豪」と呼ばれる人間たちが集まってきているのだ。信綱は、一人の国文学者としても凄かったが、同時に優秀な教師だったことも確かな事実であろう。

歌人として信綱のごとき位置にある文豪は、当然、人生において何度も御歌所入りを招

郵便はがき

料金受取人払郵便

名古屋中局
承認

6624

差出有効期間
2025年5月31日
まで

460-8790

101

名古屋市中区大須
1-16-29

風媒社行

注文書◉このはがきを小社刊行書のご注文にご利用ください。

書名	部数

郵便振替同封でお送りします（1500円以上送料無料）

風媒社 愛読者カード

書　名

本書に対するご感想、今後の出版物についての企画、そのほか

お名前　（　　歳）

ご住所（〒　　　）

お求めの書店名

本書を何でお知りになりましたか
①書店で見て　②知人にすすめられて
③書評を見て（紙・誌名　　）
④広告を見て（紙・誌名　　）
⑤そのほか（　　）

＊図書目録の送付希望　□する　□しない
＊このカードを送ったことが　□ある　□ない

聘されている。三十四歳の折、再度御歌所入りを懇請されたが、父上である弘綱の志を貫き、一生民間に在って歌を詠むことを選び辞退している。

そして四十六歳、御歌所所長である入江為守に要請されて「明治天皇御集」の編纂委員として、その期間だけの御歌所寄人を受諾しているが、五十一歳の折、御集完成後に寄人を辞退しているのである。

そういう生き方をする信綱だからこそ、樋口一葉という、民間も民間、それも民間の最底辺に息づく人を見つめて、それを文学作品にする女性を応援するのであろう。

民間歌人として生き抜いてゆく道を選ぶ――その精神こそが、信綱の周囲に集まる才人才女の心をも掴んでしまう肝になるものだと思うのである。

佐佐木信綱は、実に魅力的な文豪である。

三　烈しき女弟子――柳原白蓮《やなぎわらびゃくれん》

佐佐木信綱は、森鷗外と非常によく似ていると、近頃つくづく感じている。代々何かの使命を有した家柄の、大切な大切な長男として育てられた人。家族親類縁者から、圧倒的な期待を持たれておとなになっていった人。そして、その周りに多くの才人才女を引き寄せる求心力と人間的魅力を持った人——。

ガチガチの優等生的人間から一ミリもはみ出ない人、よって優等生の生き方をする弟子しか持たない人であろう——という私の佐佐木信綱観をがらりと変転させた文章、それはあの柳原白蓮が三十歳の時出版した、第一歌集『踏絵』の序文であった。

白蓮は藤原氏の女なり。「王政ふたたびかへりて十八」の秋ひむがしの都に生れ、今は遠く筑紫の果にあり。……（中略）……

古来女歌人おほし。志《し》かもこれを作者にたぐへつべきを求めむか、右京大夫《うきょうのだいぶ》をはじめ、平安朝才女の作は、感傷のひびき或は似たれども、作者に見るが如き情の強さと力となし。この點《てん》に於いては、むしろ狭野茅上娘子《さののおとがみのおとめ》をもて代表しつべき萬葉集《まんようしゅう》の女歌人に似たらむ。

柳原白蓮ファンなら、暗誦している言葉の数々……素晴らしい序文である。世に「序文」というものは多々あれど、これほど格調高く一女歌人を的確に褒め称えた文章は知らない。「情の強さと力」ある白蓮の歌を愛する人は多いだろう。まさに「萬葉集の女歌人」そのものである。

柳原白蓮は、明治三十三（一九〇〇）年に、竹柏会に入門している。経歴に「佐佐木信綱に師事」と、必ず書かれる人である。わずか十六歳……信綱が二十九歳である。年譜を見るまでは、二人とももっと歳をとっていただろう……と思っていた私は、師と弟子の年齢の若さに、昔の人は実に若いうちから習い事や学問を始めるのだなあ……と、ただただ感服してしまう。

白蓮は、伯爵柳原前光《さきみつ》の娘として生まれたが、正妻ではない母が生んだ娘であることから、里子に出されたり、柳原家の分家である子爵の養女に貰われていったりした幼少期を送っている。しかし、大正天皇のいとこという位置は揺るぎない現実であろう。

白蓮の養父北小路随光《きたこうじよりみつ》が佐佐木信綱門下だった縁で、国学者で歌人である信綱を紹介されたのだ。随光が腰元に生ませた資武《すけたけ》と結婚した白蓮は、その生活に耐えられず、二十歳の時、子供の功光《いさみつ》を残して離婚している。最高の家柄のお嬢様であるはずが、人生の最初から波乱含みの出来事が続いている。

出戻りは恥——とされた当時のこと、正月以外は外出禁止という幽閉状態が続いたが、二十三歳で東洋英和女学校に入学し、寄宿舎に入った。これが、平成二十六（二〇一四）年度上半期放送のＮＨＫ「連続テレビ小説」、いわゆる朝ドラで展開された「花子とアン」の舞台である。村岡花子との出会いは、師の信綱に出会ったことと同じくらい、白蓮の人生に影響を与えたのである。

白蓮は東洋英和女学校を卒業した後、異母兄である義光が当主となっていた柳原家に戻るが、その折に短歌を再開している。信綱が発行している機関紙「心の花」に作品を発表するようになっていくのだ。

白蓮が、二十五歳年上の九州筑豊の炭鉱王である伊藤伝右衛門と結婚したのが、その頃である。信綱先生の先の序文に、「今は遠く筑紫の果にあり。」と書かれた頃のことだ。白蓮筑豊時代の話は、先のテレビ小説でも詳しく描かれていたので、かなり有名になっている。

贅を尽くした内装と日本庭園を有する邸に住み、伝右衛門の妾腹の娘や彼の妹の息子に対して、言葉づかいや食事などを華族風、都会風にあらためさせて家庭改革をしたようだ。のちの白蓮の社会運動家としての姿をそこに見るような話だ。その上、伝右衛門の異母妹を自分の母校東洋英和女学校に入学させたりしている。

だが、そんな白蓮の高すぎる理想が、すんなり周囲に受け入れられるわけはない。だんだんと、夫との距離が離れていくという運命を、自ら引き寄せていったのである。

大正四（一九一五）年、本名燁子《あきこ》である一人の女性が、「白蓮」という名で第一歌集『踏絵』を出版した。「白蓮」という名は、彼女の歌の内容の過激さに驚いた師の信綱が勧めた名のようである。彼女が信仰していた日蓮にちなんで、この雅号が誕生したといわれている。

白蓮という文字を見て思い出すのは『徒然草』第百八段である。

謝霊運《しゃれいうん》は、法華《ほっけ》の筆受《ひつじゅ》なりしかども、心《こころ》、常《つね》に風雲《ふううん》の思《おもい》を観《かん》ぜしかば、恵恩《えおん》、白蓮《びゃくれん》の交《まじわ》りを許《ゆる》さざりき。

（謝霊運は『法華経』の漢訳を筆録したほどの人物である。しかし、彼が師と仰ぐ恵恩〔慧遠〕は謝霊運の心に山川に遊びたがる野生を見抜き、その気ままな性格を嫌って、白蓮社に加入することを許さなかった）

白蓮社とは、中国の僧恵恩が同士である百二十三人とともに阿弥陀浄土への懇願を請願した念仏結社のことである。白蓮とは——最も美しく、文学に心奪われた者が幻影としてしか見られぬ花の名前なのである。まさに、燁子に相応しい筆名であったのだ。

この歌集『踏絵』の序文に書かれた、あの素晴らしい言の葉で白蓮の歌人としてのスタートを祝福したのが、師である佐佐木信綱なのである。

われはここに神《かみ》はいづくにましますや星のまたたき寂しき夜《よ》なり

踏絵《ふみえ》もてためさるる日の来《こ》しごとも歌反古《うたほご》いだき立てる火の前

誰か似る鳴けようたへとあやさるる緋房の籠の美しき鳥

神様はいったいどこにいらっしゃるのでしょうか……と歌う、籠の中の美しき白蓮の孤独と焦燥の思いが、まっすぐに届いてくるようである。

先に、この序文は、私の信綱観を変転させた文章である——と書いたが、白蓮の激しさに驚きつつも、一人の女歌人の芸術性や生き方を応援できる師なのだということが、私を感動させたのだ。実に優等生的な人生を歩いてきた筈の信綱は、優等生的生き方をする弟子だけを優遇した先生ではなかったということなのである。

四　正真正銘才女の女弟子——片山廣子《かたやまひろこ》

佐佐木信綱の女弟子たちの中には、竹柏会主要歌人としての位置を占める、あの片山廣子もいる。彼女は、その頃の日本人が見たこともない、ましてや行動に制限のかかる女性たちにとっては、生きているうちに見ることもできない、遠い遠い島であるアイルランドという国を、美しき日本語で紹介してくれた人でもある。

筆名、松村みね子——アイルランド文学を中心に、翻訳活動を行った文学者中の文学者であり、その晩年には、生涯で書いたただ一冊の随筆集『燈火節』で日本エッセイスト・クラブ賞を受賞した多才な女性である。女流歌舞伎脚本家の長谷川時雨から「ホンヤク夫人」と記された女性だ。

ここまで書いて、私は溜息をついてしまう。こんな凄い女性が、窮屈極まりないあの時代に居たのだなあ……と。

大正十三（一九二四）年の夏、あの芥川龍之介が避暑と仕事のため出かけた軽井沢で出会って以来、ずっと憧れ続けた女性として非常に有名な人である。龍之介が満三十二歳、すでに未亡人になっていた廣子が四十六歳の時のことだ。何十年も前の私自身の思い出となるが、計算したら龍之介より十四歳も年上だとわかって、非常に驚いた女性である——というのが初印象の廣子だった。

片山廣子は明治十一（一八七八）年二月十日、米国領事などを務めた外交官の家の長女に生まれた。東洋英和女学校を卒業した後、明治二十九（一八九六）年に佐佐木信綱の竹柏会に入門している。第一歌集の題名は『翡翠《かわせみ》』――。

さまざまのよしなしごとを積上げし生命《いのち》くずれむ日のはかなさよ

我をしも親とよぶ人二人あり斯《か》くおもふ時こころをさむる

廣子は明治三十二（一八九九）年二十一歳で結婚し、一男一女をもうけている、妻でもあり母でもある人なのだ。夫は大蔵省勤務後日本銀行の理事をした人で、息子は文芸評論家でもあり銀行にも勤めた人であったが、いずれも長生きはしてくれなかった。廣子の娘である総子は、宗瑛の名で知られている小説家であり、母娘がモデルとなっている堀辰雄『聖家族』や『菜穂子』『楡の家』などの作品で、この母娘の名を知っている人もいるだろう。

廣子は日銀理事だった夫が病に臥した折、師の佐佐木信綱に宛てて、病人の看護に疲れ果ててしまい、いっそ不良になりたい――という手紙を送っている。信綱という人物は、歌の師であるに留まらず、門下の人々の父親のごとき存在であったのかも知れない。

芥川晩年の作品、『或阿呆の一生』「三十七　越し人」の中で、彼は廣子を高らかに歌い上げている。
　彼は彼と才力の上にも格闘出来る女に遭遇した。が、「越し人」等の抒情詩《じょじょうし》を作り、僅《わず》かにこの危機を脱出した。それは何か木の幹に凍《こご》った、かがやかしい雪を落すように切ない心もちのするものだった。

風に舞ひたるすげ笠の
何かは道に落ちざらん
わが名はいかで惜しむべき
惜しむは君が名のみとよ。

「君」と呼ばれているのが、片山廣子である――というのが定説になっている。
　短編小説の名手として知られている芥川龍之介は、俳句のみならず、旋頭歌（短歌が「五七五七七」であるのに対し、「五七七五七七」）のリズムで詠まれる韻文作品も多く残している。そのような旋頭歌や文語体の抒情詩の中に、「越し人」と匿名で書かれた想い人として廣子への愛を埋め込んだのであろう。

龍之介や友人の室生犀星が廣子を「山梔子《くちなし》夫人」と呼んでいるが、廣子の口数の少なさがわかる呼び名である。知性ある新しい女でありながら、奥ゆかしい美徳をも併せ持つ人だということだ。一度会ってみたかったと思わせる女文豪の一人である。

柳原白蓮と仲の良かった村岡花子は、白蓮が筑紫の炭鉱王と政略結婚したことが許せなくて、発奮して高等科に進んでいる。その折、毎週のように大森に住む十五歳上の廣子の家に通い、本を借りて読んでいるのだ。花子は「片山廣子さんが、私を近代文学の世界へ導いて下さった」と書いている。この言葉は、女同士の交流の理想として私の中に残っている言葉だ。

廣子の歌人としての位置は、明治三十四（一九〇一）年二月に刊行された『竹柏園集』第一編にも、師である信綱や大塚楠緒子《おおつかくすおこ》等とともに、会の主要作家の位置づけで載せられていることからも想像できるであろう。廣子の文学界でのスタートは、歌人としての位置からだったのだ。

こうしてみてくると、いよいよ時の文学界の中心人物たちの多くが、佐佐木信綱という師を真ん中に置いて、集まってきている感がするのである。

芥川が自死した時、廣子は鎮魂の思いを歌に詠んでいる。

あけがたの雨ふる庭をみてゐたり遠くで人の死ぬとも知らず

廣子は、昭和三十二（一九五七）年七十九歳でこの世を去った。

五　才色兼備の女弟子――大塚楠緒子《おおつかくすおこ》

先に名前の出た、大塚楠緒子の話をしよう。

大塚楠緒子は、明治四十三（一九一〇）年十一月九日に死去した。その折、夏目漱石が手向けの句として詠んだ俳句で、私は初めて楠緒子を知ったのだった。

あるほどの菊拋《な》げ入れよ棺《かん》の中

そして、私にとっての楠緒子は、明治三十七（一九〇四）年九月の「明星」に発表された、誰もが知るあの与謝野晶子の「君死にたまふこと勿れ」と比較された詩の作者でもあるのだ。

ああをとうとよ、君を泣く、
君死にたまふことなかれ、
末に生れし君なれば
親のなさけはまさりしも、
親は刃《やいば》をにぎらせて
人を殺せとをしへしや、
人を殺して死ねよとて
二十四までをそだてしや。

（『与謝野晶子評論集』岩波文庫）


人口に膾炙する八行五連の長詩の、最初の連である。

明治三十七（一九〇四）年十月の「太陽」で、この詩に直ちに激しい非難を加えたのが、歌人であり、随筆家、評論家である大町桂月だった。大酷評ともいえる文章である。

私などは、この詩の副題である「旅順口包囲軍の中に在る弟を歎きて」という文字から、愛する弟への純粋な愛情ゆえに、姉が書かずにはいられなかった思いを吐露したのだな……と感じたものだが、桂月はそんなに甘くはなかった。

桂月は、「たいそう危険なる思想」とか「乱臣賊子」という、罵倒、誹謗中傷としか思えない言葉を使って、晶子に投げつけている。この時、比較する詩作品としてあげられたのが、大塚楠緒子の「お百度」である。

ひとあし踏みて夫《つま》思ひ
ふたあし国を思へども
三足《みあし》ふたたび夫《つま》おもふ
女心《おんなごころ》に咎《とが》ありや

朝日に匂ふ日の本の
國は世界に唯一つ
妻と呼ばれて契りてし
人も此世に唯ひとり

かくて御国《みくに》と我夫《わがつま》と
いづれ重しととはれなば
たゞ答へずに泣かんのみ

お百度まうであ、咎ありや

（初出　「太陽」博文館　明治三十八年）

これが、楠緒子の詩である。

その頃、与謝野晶子は純なる愛に燃えて鉄幹と共に生きていた。嫁入り支度もなく家を出た晶子に、母がこっそり生活費を送ってくる日々であった。明治三十六（一九〇三）年九月、晶子の父である宗七が亡くなった折、勘当の身でありながら堺にかけつけた晶子に、家族は頑として敷居を跨がせなかったという。その中、弟の籌三郎《ちゅうさぶろう》が兄たちの隙を見て姉の晶子を家に入れてくれたのである。そうして晶子は、父の位牌を拝むことができたのだ。とても気が合い、姉の晶子の最高の理解者だった弟だった。

そして日露戦争が始まった。弟籌三郎に、召集令状が来た。配置される地は、最も戦闘が激しい旅順である。晶子は、その戦争の真っ只中に「君死にたまふこと勿れ」を発表している。

対して「危険なる思想の発現」「許すべからざる悪口なり、毒舌なり、不敬なり、危険なり、乱臣なり、賊子なり」と、晶子に毒ある言葉を浴びせかける桂月。これは国家や天皇を怨む反逆思想の危険な詩である――と非難したのだ。

比較された楠緒子の詩は、夫への思いを慎ましく詠んでいる。晶子と同じ女性の詩なのであるが、楠緒子の詩には「日本女性のつつましやかな美徳と、国を思う心情が溢れている」というのである。「つつましやかな美徳」という言葉――現代に生きる我々女性に、どれほどの感銘を与えると思うか……と問われれば、甚だ自信がない。

楠緒子は、信綱二十一歳の時、竹柏園先生信綱門下に入門して弟子になっている。夫となった人が、夏目漱石の親友だった大塚保治だったので、その関係から漱石の指導を受けて小説を書いた人でもある。

女流歌舞伎脚本家であり、「女が女の肩を持たないでどうする」と言って私を大いに感動させたあの長谷川時雨――彼女の著書『近代美人伝』の最後に描かれている大塚楠緒子は、「はっきりと先生におはなしをなさってでした」「目を先生の方を正しくむいてすこし笑ったりなさいました」という印象の女性だ。「先生」とは佐佐木信綱先生のことである。「はっきりと」「正しくむいて」ということから、慎ましいだけではない凛とした楠緒子の姿が目の前に見えてくる。

長谷川時雨自身も、「竹柏園の御弟子の一人に、ほんの数えられるばかり」の位置に居て、『万葉集』や他の講義を聴きに通っていた。その時雨が――信綱門下の美しい女弟子たちの中でも、鮮やかに印象をとめたのが楠緒子だった――と書いているのである。

夏目漱石が、その楠緒子を作品の中で書いたのは、先の俳句だけではない。満四十九歳で亡くなる夏目漱石が、四十八歳の時「朝日新聞」に連載した『硝子戸の中《うち》』に描かれているのが、大塚楠緒子である。

漱石が千駄木に住んでいた頃、ある日雨の降る中、ぼんやり傘をさして歩いていた。日蔭町という場所の寄席の前で一代の幌車に出会った。その中に乗っているのが女性だと気が付いた。

私の目にはその白い顔がたいへん美しく映った。私は雨のなかを歩きながらじっとその人の姿に見とれていた。同時にこれは芸者だろうという推察が、ほとんど事実のように、私の心に働きかけた。すると俥が私の一間ばかり前へ来た時、突然私の見ていた美しい人が、ていねいな会釈を私にして通り過ぎた。私は微笑に伴うその挨拶とともに、相手が、大塚楠緒さんであったことに、はじめて気がついた。

（『硝子戸の中』角川文庫）

その後、楠緒子が漱石宅へ訪ねてくるのだが、漱石と鏡子夫人が喧嘩中であったことから、漱石は書斎に籠っていて楠緒子と会わなかったことがあった。それを謝りに行く漱石……。

美しい人を見て、これは芸者だろう……と想像する時代だったのだなあ、と思ってしまう。現代は、ごく普通の会社員が素敵なセンスで装った姿で、美しく闊歩する時代であるから。

この後に、漱石は胃腸病院に入院するのだが、その間に楠緒子が亡くなってしまうのである。病院で詠んだ楠緒子への手向けの一句が、先に書いた「あるほどの」の句である。

夏目漱石は、信綱門下の大塚楠緒子を通じて佐佐木信綱を知ったのである。信綱著『明治大正昭和の人々』には、「夏目さんの小説は夙くから愛読してをつたが、大塚家の事から文通するようになった」と記されている。

また、信綱の『明治文学の片影』には、一緒に歩いている漱石が時計を度々見るのを不思議に思っていたが、ふと立ち止まり、ポケットから散薬を取り出して水無しで飲んだ――という漱石の姿が描かれている。信綱と漱石の距離の近さがわかる出来事である。

夏目漱石の墓は、雑司ヶ谷墓地にある。私は、東京時代の一時期、その近くに住んでいたことがある。小泉八雲、泉鏡花、永井荷風、島村抱月などの文豪が眠っている霊園だ。

楠緒子がこの世から去る五日前、師である佐佐木信綱にハガキを出している。

籠り居は松の風さへ嬉しきに心づくしの人の音づれ

彼女の死を歎き、信綱先生が詠んだ歌――。

ゆく秋の悲しき風は美しきざえある人をさそひいにける

うつくしきいてふ大樹の夕づく日うする、野辺に君をはふりぬ

夏目漱石から「美しい人」と綴られ、佐佐木信綱から「美しきざえある人」と歌われた大塚楠緒子は、この世から突然消えた。

漱石の『こころ』で描かれたあの墓地――漱石も眠っている雑司ヶ谷墓地で、みんなの心に美しい面影と思い出を残して、楠緒子は眠っている。

『押絵と旅する男』における「海女」

――江戸川乱歩の三重

江戸川乱歩は三重の人である。まさしく、三重の人である。

乱歩作品を読むたびに、そう思う。

明治二十七（一八九四）年十月二十一日、江戸川乱歩＝平井太郎は三重県名張市に生まれている。そして、二歳まで亀山の人だった。三重県津市の浄明院には、昭和二十六（一九五一）年に乱歩自身が建てた平井家の墓がある。その後の名古屋が十五年と長いので、名古屋の人だと言う人もいるだろうが、私にとっての乱歩は三重の人である。

作品『パノラマ島綺譚（奇譚・奇談とも）』を読むまでもなく、乱歩作品の中には多々「三重県」が潜んでいる。『パノラマ島綺譚』は、最初の人間入れ替わり（一人二役）のトリックは面白いが、後半大部分の島の描写が退屈だ――ということで、発表当初好評ではなかった作品だ。それを、萩原朔太郎が誉めてくれた。その結果、面目を保った小説である。昭和元年から二年かけて「新青年」に五回連載された。

三重県ゆかりの乱歩作品というなら、この小説を一番先に思い浮かべるかも知れない。だが今回は、「新青年」の昭和四（一九二九）年六月号に掲載された『押絵と旅する男』を、ぜひとも紹介したいのである。

乱歩ファンにとっては有名な話だが、『押絵と旅する男』は、作家デビューする以前の横溝正史が担当編集者として付いた作品である。言わずと知れた『八つ墓村』の、あの横溝正史である。氏が「新青年」の編集長をしていた時代のことだ。

『押絵と旅する男』は、いつも自作の自己評価にかなり厳しい乱歩が、「ある意味では、私の短篇の中ではこれが一番無難だといってよいかもしれない」と肯定的に見ていた作品なのだ。「自作解説」では「これは私の短篇のうちでも最も気に入っているものの一つである」とまで記しているのである。

昭和二（一九二七）年の晩秋、朝日新聞に掲載した『一寸法師』以来、休筆を続けていた乱歩に小説を書かせようと、旅先へ追いかけてきた編集者が横溝正史だった。編集者という職業を経て、大爆発的人気作家となった横溝と、すでに有名作家だった乱歩とのこの頃の交流を思うと、その運命的な人間の出会いに胸打たれる思いがする。

名古屋の大須ホテルで、二人が枕を並べて寝物語をした――と乱歩自身が書いているのを読むと、横溝正史の作家人生への牽引者となったのは、江戸川乱歩という先輩作家である——と断固として言える気がする。

『押絵と旅する男』は、乱歩作品の中でも朗読向きの作品と言って良いだろう。じっくりと語るのを耳で聴いてほしい作品世界だ。乱歩作品のいつもの極彩色のドギツサは色を薄め、読後も夢を見させられたような、騙されたような、二度と双眼鏡を覗きたくないような……曰く言い難い不安な心地良さに揺られているような……そんな作品なのである。

物語の冒頭、「夢」が出てくる。

この話が私の夢か私の一時的狂気の幻でなかったならば、あの押絵と旅をしていた男こそ狂人であったに相違ない。だが、夢が時として、どこかこの世界と喰違《くいちが》った別の世界を、チラリと覗《のぞ》かせてくれるように、また狂人が、我々の全く感じ得ぬ物事を見たり聞いたりすると同じに、これは私が、不可思議な大気のレンズ仕掛けを通して、一刹那《せつな》、この世の視野の外《ほか》にある、別の世界の一隅を、ふと隙見《すきみ》したのであったのかもしれない。

（以下『押絵と旅する男』岩波文庫）

最初にお断りしておくが、これは「岩波文庫」から引用させて頂いた箇所である。私が読む機会の多い「新潮文庫」の『江戸川乱歩名作選』では、「外」が「そと」と表記されるのだが、以後も雑誌初出の本文を底本とする「岩波文庫」から引用させていただくことを御了承くださるようお願いしておく。

「夢」か「狂気の幻」か……「夢」こそ、乱歩世界を読み解く肝心要のワードなのである。我々読者は初っ端から、危うい狂気のゾーンへ引きずり込まれているのに気づかぬままだ。

うつし世はゆめ　夜の夢こそまこと

乱歩の言葉としてよく知られている言葉であるが、まさに「夢こそまこと」……なのである。我々が当たり前の真実と信じ込んでいる世界から、「どこかこの世界と喰違った別の世界」、精神分析学が発見した無意識の世界というだけでは収まらない、人間の脳の不合理、不思議議――。

続いて物語は、魚津の蜃気楼の描写を展開し始めるのだが、「蜃気楼」といえば、芥川龍之介がその晩年の昭和二（一九二七）年に「婦人公論」に発表した『蜃気楼』を、純文学好きの読者はまず思い出すかも知れない。こちらは、鵠沼の海岸である。タイトルの「蜃気楼」が通奏低音で流れ続けていると感じさせる作品だ。

これを書いて間もなく芥川が自ら命を絶ったことを知っている読者には、彼の荒涼たる心の風景が、蜃気楼の中に溶け合いぶら下がっているのが痛いほどわかってきて、辛くなる短編である。

比して、乱歩作品『押絵と旅する男』の蜃気楼の描写は、じわり恐怖感を呼び起こす背景として、以後の物語のストーリーを鮮やかに浮き立たせている。乱歩は、主人公が蜃気楼を見た折の恐怖を、こう表現した。

私はその時、生れて初めて蜃気楼というものを見た、蛤《はまぐり》の息の中に美しい竜宮城の浮んでいる、あの古風な絵を想像していた私は、本物の蜃気楼を見て、膏汗《あぶらあせ》のにじむような、恐怖に近い驚きに撃《う》たれた。

「蜃《しん》」とは、巨大な蜃気楼を作り出す伝説の生物である。千年もの歳を経た大ハマグリがあくびをして吐く息が、竜宮城の幻影を映し出すという中国の昔話だ。芥川の作品中、通奏低音で奏でられていた「蜃気楼」は、ここではこれから繰り広げられる奇怪な舞台の緞帳のごとく登場しているのである。さらに乱歩は蜃気楼を語り続けていく。

蜃気楼とは、乳色のフィルムの表面に墨汁をたらして、それが自然にジワジワとにじんで行くのを、途方もなく巨大な映画にして、大空に映し出したようなものであった。

唸ってしまう蜃気楼の描写だ。「濃厚な色彩を持った夢」「あの毒々しい押絵の画面」といった表現のあとに、この部分が物語の序章、予告のように描かれていくのである。ここから読者は、すでに乱歩の手中に嵌ってしまった己が、もはや操縦不能状態で搦め捕られてしまったのを感じ取るのだ。

魚津へ蜃気楼を見に行った帰りの汽車の中、二等車内には語り手である「私」ともう一人、古臭い紳士の格好をした六十歳とも四十歳ともつかぬ男だけがいる。つまり、年齢不詳の男登場……ということなのだ。私などはもうこれだけで、非常に不安定な気分にさせられている自分を感じている。謎というものが、一番怖いのだ。

「私」は、その男が車窓に絵の額縁のようなものを立てかけているのを、奇異な目で見ていた。その男が持つ黒繻子の風呂敷の中身は、洋装の老人と振袖を着た美少女の押絵細工だった。その押絵の中の二人は、どうやら生きているようだ。

押絵細工というのは、お正月に羽根つきをする羽子板を想像してみれば、どういうものか瞬時にわかるだろう。小さい箱の蓋などにも、押絵をはりつけたりした細工物もあるらしい。

年齢不詳の汽車の男の異様さを恐ろしいと思いつつも、その奇妙な異様さの中身を見てみたいと近づいて行った「私」は、その男から、「押絵の額縁を遠めがねで額から離れて見て下さいませ」と言われる。遠眼鏡をひねくりまわした挙句見ようとした「私」に、その男が悲鳴のような叫び声で、「めがねをさかさに覗いてはいけません」と強く指示するのは、「さかさ覗き」が、彼の兄が人間世界から消えた原因だからだ。

なんという展開だろう。何度も双眼鏡を覗いた経験のある私だが、さかさに覗くと物凄く小さく見えることから物語を語ろうとすることなど、生涯において一度も考えたことはない。

双眼鏡を正しい方向に持ちかえ、「私」が覗く場面——。


あんな風なものの現われ方を、私はあとにも先にも見たことがないので、読む人に分らせるのが難儀なのだが、それに近い感じを思出《おもいだ》してみると、例えば、舟の上から、海にもぐった蜑《あま》の、ある瞬間の姿に似ていたとでも形容すべきであろうか。蜑の裸身《はだかみ》が、底の方にある時は、青い水の層の複雑な動揺のために、その身体《からだ》が、まるで海草《うみくさ》のように、不自然にクネクネと曲り、輪郭《りんかく》もぼやけて、白っぽいお化《ばけ》みたいに見えているが、それが、つうッと浮上がってくるに従って、水の層の青さが段々薄くなり、形がハッキリして来て、ポッカリと水上に首を出すと、その瞬間、ハッと眼が覚めたように、水中の白いお化が、忽《たちま》ち人間の正体を現わすのである。ちょうどそれと同じ感じで、押絵の娘は、双眼鏡の中で、私の前に姿を現わし、実物大の、一人の生きた娘として、蠢《うごめ》き始めたのである。

引用が長くなったが、お読みになれば感じていただけるだろう。遠眼鏡を覗いた時の例えとして書かれた、海女の描写の驚愕せざるを得ない絶妙表現を……。

私は三重県とまったく無縁であった若い時代に、この小説を読んだ筈なのだが、その時はこの箇所に呻ったりはしなかった。それまで「海女」というものを目の前で見たことがなかったからである。なるほどと共感することができなかったのだ。

三重県の人となって読んだ後の思いは、まるで異なっていた。「白っぽいお化け」から「人間の正体」へと変化する姿。海女の近くにいる人でなくては描けない表現だと心底思ったのだ。これこそ、乱歩が三重の人である証拠である。

物語はこのあと、不思議な押絵の「本当の身の上話」を老人から聞くことになる。

呉服商を営む家の長男と次男である兄と弟。語る老人は弟の方であるらしい。最近様子がおかしい兄のあとをつけてみると、浅草の観音様近くにある十二階建ての「凌雲閣」に通っていたようである。
兄はその凌雲閣の頂上から、遠眼鏡（双眼鏡）で観音様の境内を眺めている。お堂の裏には見世物小屋がひしめいているのだが、その中にこの世のものとは思えない美しい娘が青畳を敷いた広い座敷に座っているのを見てしまうのだ。
そして、兄は恋に落ちてしまったのである。兄が片思いした相手は、覗きからくりの押絵の八百屋お七だった。その話を打ち明けたあと、兄は弟に双眼鏡をさかさまに覗いて見てくれと頼む。その折の台詞が良い。

「アア、いいことを思いついた。お前、お頼みだから、この遠眼鏡をさかさにして、大きなガラス玉の方を目に当てて、そこから私を見ておくれでないか」

『押絵と旅する男』は、浅草の風景、覗きカラクリ、人形愛という、乱歩趣味満載の作品なのだが、ここにも浅草趣味的台詞が意識されているのを感じる。こんなものの言い方は、地方に住む人間は絶対にしないものだ。なんだか、歌舞伎や新派の舞台を観ているような気がしてくる。いかにも江戸的で粋ではないか！

弟である汽車の老人の「本当の身の上話」は続く。弟が言われたとおりに遠眼鏡をさかさまに覗いてみると……兄は闇の中に溶け込んで消えてしまう。その場面があまりにも印象的過ぎて、初めて読んだ折には震えが止まらなかったほどである。

見る見る小さくなって、とうとう一尺ぐらいの、人形みたいな可愛らしい姿になってしまいました。そして、その姿が、ツーッと宙に浮いたかと見ると、アッと思う間に、闇の中へ溶け込んでしまったのでございます。

気が付くと、小さくなった兄が、押絵という小宇宙の中に、お七と二人で閉じ込められ、押絵になってしまっていたのだ。愛する娘を抱きしめながら、幸福感に満たされて——という話を、押絵と旅する老人が話すのである。

乱歩趣味の一つに人形愛があるが、その本髄とも呼べる作品は『人でなしの恋』だろう。乱歩作品を朗読させていただくことが多い私だが、どこの舞台でもアンケートで一番人気は『人でなしの恋』である。

門野、ご存知でいらっしゃいましょう。十年以前になくなった先《せん》の夫なのでございます。

（「江戸川乱歩名作選」新潮文庫所収『人でなしの恋』）

『屋根裏の散歩者』のような奇抜さがなかったせいか、余り歓迎されなかった作品だったが、乱歩が自作解説で、「私自身はやや気にいっている作品の一つである。」と書いている『人でなしの恋』である。大正十五（一九二六）年十月「サンデー毎日」に載った作品だ。京子夫人のモノローグで綴られてゆく話――。

美男子の門野に嫁いだ京子だったが、夫が土蔵の二階で愛したのは、安政の頃の名人の作である京人形だった。そこから起こる惨劇を夫人が語り続けてゆくのであるが、いわゆる血みどろの世界を露出し続けるのではなく、その中に京子夫人の激愛を埋め込んでゆく抒情性が、語る者、聴く者の胸をあつくするのであろう。

『押絵と旅する男』における、八百屋お七に恋した兄は、そのまま、『人でなしの恋』の門野という男の〝愛の子孫〟なのだという気がしてくる。

兄がふさぎこんでいるのを心配した弟がその跡をつけてみると、行き着いた先は浅草の観音様だった。そこに登場するのが凌雲閣である。NHK大河ドラマなどで、CG再現された画像を見た方もおられるかも知れない。

凌雲閣は、明治時代に東京と大阪に建てられた高層建築物である。東京に建てられた

「浅草十二階」と呼ばれる凌雲閣は、明治二十三（一八九〇）年竣工、高さが五十二メートルある十二階建ての建築物だった。

この凌雲閣の模型が高知城そばの高知県立文学館に展示してあった。文学館という場であるから、そこには〈文学作品に出てくる建物〉としてのキャプションが付いているのだが、凌雲閣が描かれる文学作品として取り上げられていたのが『押絵と旅する男』だったのだ。

凌雲閣が出てくる小説というなら、私などはまず『坊っちゃん』を思い浮かべてしまう。松山の中学校に赴任して、赤シャツと野だいこに釣りに誘われた。ターナー島と名づけた島の見える釣り場での、あのシーンである。小声で何か話している二人の横で空を見ながら清のことを考えている坊っちゃん――。

金があって、清《きよ》をつれて、こんな奇麗《きれい》な所へ遊びに来たらさぞ愉快だろう。いくら景色がよくっても野だなどと一所じゃ詰《つま》らない。清は皺苦茶《しわくちゃ》だらけの婆《ばあ》さんだが、どんな所へ連れて出たって耻ずかしい気持ちはしない。野だのようなのは、馬車に乗ろうが、船に乗ろうが、凌雲閣《りょううんかく》へのろうが、到底寄り付けたものじゃない。

（『坊っちゃん』岩波文庫）

私は、若い頃この小説を読んで、初めて「淩雲閣」という建物を知ったのであるが、高知県立文学館で展示されている模型を見ながら、乱歩作品の読者に与える印象の強さというものを、つくづく考えてしまったのだった。乱歩が物語展開の場として選んだ淩雲閣は、ここでなければ絶対にあり得ない話の舞台だからである。

物語に戻る。この小説の中で何度も「十二階」と呼ばれているのが淩雲閣だ。そこから東京中の屋根が見え、品川のお台場が見えた……と乱歩は書いている。

地上四五〇メートルの隅田川沿いの東京スカイツリーを知っている現代人にとっては、それほど驚くべき建物ではないのかも知れないが、この物語の中には、その時代ゆえの印象的描写が埋め込まれているのだ。十二階に登る折、石の階段を登って行くのだが、窓もない。その一方の壁に戦争の油絵がかけ並べてあるのである。それは毒々しい、血みどろの絵だった。

「変てこれんな気持ち」を抱えながら頂上にたどりつくと、目まいがしそうな見晴らしだった。兄に起こった奇怪千万な話を知る前の不安に満ちた序奏である。ここに於いて読者は、先の蜃気楼描写から続いている己の縮こまった肝が、より暗く深く縮こまっていくのを感じるのだ。

語る老人が別れの直前、押絵の中の兄が気の毒だという話をする。元々人形であるお七は、いつまでたっても娘のままで、人間である兄は我々と同じように歳をとっていく。相手の恋人がいつまでも若くて美しいのに、兄だけが汚く老い込んでいき、白髪になって醜い皺が寄っている。だから兄は苦しそうな顔をしているのだ。兄が気の毒でしようがない――と語るのである。

非現実的な作り話だと思って読み進めている話の中に、このような身につまされる真実を滑り込まされると、読者である私は怖ろしくて胸痛くなるのである。乱歩の筆力に唸りっぱなしだ。

＊

江戸川乱歩は三重の人だ。青年時代にも一時期、鳥羽の造船所で働いている。妻となった村山隆子も坂手島出身である。「神島」かも知れない、真珠島かも知れない「パノラマ島」は、三重県無しでは描けなかっただろう。鳥羽の風俗研究家の岩田準一の影響で『孤島の鬼』は描かれたと言われている。乱歩は三重の人なのだ。

その岩田準一の暮らした家が〈鳥羽みなとまち文学館―江戸川乱歩館〉だった。「岩田準一と乱歩・夢二館」「幻影城」「乱歩館」の三つの館に分かれて展示されていて、乱歩作品をまるで知らない人にも興味をそそらせるような工夫がしてある文学館だったが、残念なことに二〇二一年十月、火災により木造二階建て本館母屋と書斎が全焼してしまった。

その年の十一月七日、鳥羽市民体育館サブアリーナで《鳥羽ゆかりの文豪の世界〜江戸川乱歩の世界》と題して、ピアニストとの舞台企画に出演させていただいたのだが、その直前の火災だったので、開演前の御挨拶をしていただく鳥羽市の中村欣一郎市長と、文化財焼失事件への泣きたいほどの残念さを、楽屋で語り合ったものだった。

旧乱歩館

だが、ついに二〇二三年四月二十九日、その館がリニューアルオープンしたのである。乱歩を愛する地元の方々や研究者たちの努力の賜物だ。隣接する木造二階建ての空き家を新しく借り、かなり整備してのオープンである。また周囲の文学愛好家たちを、新たな乱歩世界の場へお連れしようと考えている私だ。
言うまでもなく、岩田準一は乱歩の友人であり、画家で民俗学者であり、同性愛の研究をしていた人だ。最近、彼ら二人が交わした書簡を含めた大量の手紙を、乱歩が「生前整理」のために焼却したという話が新聞記事になっていた。

残っていれば、興味津々のお宝書簡だったのに……と思うと、残念な思いでいっぱいになる。

何年か前にも、乱歩が自ら撮った数多くの未発表映像が発掘された、という記事が世間を騒がしたことがあった。乱歩は何度も乱歩愛好家たちを驚かせる作家だ。

焼失前の鳥羽の「江戸川乱歩館」にも、乱歩自身が今の真珠島を撮影した映像があった。「乱歩館」内の映像シアターで観た記憶は今でも鮮明に残っている。

若い海女たち何人かと岩田準一が歩いている。レンズを覗いているのは乱歩だ。「昭和十一年」と書かれた文字が読める。みんなニコニコしている。無声映画だから、キャアキャア笑っている声は本当はこちらに聞こえはしないのだけれど、はっきりと聞こえてくる気がするのである。それほど生き生きした映像だった。

中でも「大根の恥らひ」(このタイトル自体も傑作だと思う)と題された映像には、微笑まざるをえない。若い海女の健康的な足がとても素敵だ。一人の海女が真実恥ずかしそうに胸をポロリと見せる場面では、観ているこちらは驚きもするのだが、いやらしさの微塵もないのが心地良い——と感じられる映像であった。

乱歩は、海女が海に潜る映像も詳細に映していた。本当に身近に海女が居ることを感じる映像だった。

先に引用した『押絵と旅する男』に於いて、小説の中の例えに海女の浮き上がる姿を活写した昭和四年の乱歩と、昭和十一年に撮影したと書かれている乱歩自ら編集したこの映像……いずれも正真正銘三重の人——乱歩の姿である。

『押絵と旅する男』で、兄と八百屋お七の押絵を抱いて旅する老人が「私」に、「ではお先へ、私は一晩ここの親戚へ泊りますので」と告げて山間の小駅で汽車を降り、消えて行く最終場面——。

老人は額の包みを抱《かか》えてヒョイと立上り、そんな挨拶を残して、車の外へ出て行ったが、窓から見ていると、細長い老人の後姿は（それが何と押絵の老人そのままの姿であったが）簡略な柵のところで、駅員に切符を渡したかと見ると、そのまま、背後の闇の中へ、溶け込むように消えて行ったのである。

押絵を抱えて、闇の中へ溶けるように消えてゆく男は、果たして何者なのか……最後まで不明なままだ。

乱歩は、実に悩ましい三重の人である。

宮尾登美子、その豊饒の世界
――『伽羅《きゃら》の香《かおり》』の舞台へ

一　宮尾登美子の生涯

宮尾登美子は高知県高知市生まれの人だ。

四国徳島市に生まれた私は、同じ四国に生まれている人は、たとえ徳島県でなくても、非常に近しい人のように思えてならない体質を持っているようだ。

昭和元（一九二六）年、高知市の芸妓娼妓を紹介する家に生まれた宮尾だが、複雑な家庭事情からくる劣等感に永い間苦しんだという。

十二歳の折、両親離婚。十七歳で高等女学校を卒業し、家政研究所に入学したが中途退学し、国民学校の代用教員になった。そこの教員だった前田薫と結婚し、長女が誕生した後、満州に渡っている。敗戦後に引揚船で佐世保港に帰ってきたが、すでに肺結核に罹っていた。『伽羅の香』中の、結核患者のリアルな描写はここからきているのだろう。

二十五歳、村立保育所の保母になった。七年間その仕事をしていたが、やはり文学の神様は宮尾登美子から目を離さなかったようだ。ラジオドラマ脚本募集に応募した『真珠の家』という作品が一席に入選したのである。

プロとして文筆活動に入った宮尾は、『連』で婦人公論女流文学賞を受賞する。前田と結婚している彼女の本名「前田とみ子」での執筆である。この作品が直木賞候補にあがった頃、前田と協議離婚している。三十七歳だった。次の年、高知新聞学芸部記者の宮尾雅夫と再婚し、共に上京している。

それからは、才能満開——四十七歳、『櫂』で太宰治賞受賞、次の年、『陽暉楼』、『寒椿』、『鬼龍院花子の生涯』、『一弦の琴』……ついに、宮尾は直木賞作家となるのである。吉川英治文学賞を受賞した『序の舞』、テレビ化された『天璋院篤姫』、テレビ化、映画化、舞台化された『蔵』を知らない人はいないだろう。『天涯の花』は、私の故郷徳島県の祖谷にある剣神社に、その文学碑が建立されている。『仁淀川』の川は、愛媛県、高知県を流れる一級河川だ。仁淀ブルーと呼ばれる、あの美しい川である。

宮尾七十五歳の折に刊行された『宮尾本平家物語』は、NHK大河ドラマ「義経」になって放映された。あの滝沢秀明主演のドラマである。〈青龍《せいりゅう》の巻〉〈白虎《びゃっこ》の巻〉〈朱雀《すざく》の巻〉〈玄武《げんぶ》の巻〉の四冊は、私の座右の書となっている。

宮尾の描く女性は、歴史の中で弄ばれる儚い女性が多い。その文学テーマは一貫して「女性」だ。それは、宮尾自身の特殊な生い立ちからくるのだろう。宮尾の描く女性は、常に書く者の血が滲んでいるのである。

だが、その一方で、悪女・悲劇のヒロインというイメージを作り上げられていたクレオパトラを、宮尾独自の解釈で描いている。宮尾登美子は最後まで、豊饒の文学世界を描ける作家だったのだ。

平成二十六（二〇一四）年十二月三十日、八十八歳でこの世から去った。

二　土佐出身ではない主人公を初めて描いた『伽羅《きゃら》の香《かおり》』

その宮尾登美子が、初めて「土佐出身でない女性」、それも三重県の女性を描いている。昭和五十五（一九八〇）年から一年半、「婦人公論」に連載された『伽羅の香』である。宮尾、五十四歳の作。『一弦の琴』で第八十回直木賞を受賞した直後だ。作家としての高揚感が最高点に達した頃だったのではないだろうか。

宮尾にも無名時代があった。その頃、『香《こう》』という百枚ほどの小説を書いたことがある。

その作品は、すぐに送り返されてきて採用されることはなかった。名が売れるようになって「婦人公論」から連載の依頼があった時、それを書き直して長編小説として完成させようと思ったそうだ。モノを書く人の執念のごときものが感じられて身震いしそうになる話だ。

『伽羅の香』は、室町時代に起源を持つ香道を、私財を投じて現代社会の文化の中に復興させる偉業をなした、山本霞月という女性の生涯をモデルにしている作品である。

香道を嗜む宮尾登美子は、主人公本庄葵のモデルであるその宗匠の香席に招かれたことがあるらしい。だが、長編にしようと思い立ち、改めて取材をした時には、その宗匠は故人となっていたのだ。

霞月は、和歌山県田辺市近在の出身で、素封家の娘として生まれている。昭和初期、増田秀月に入門し、お香の道に入った人である。終戦後、家族を次々に亡くし、また人々も生きるのに必死で、お香どころではない時代に、香道復興のために邁進した実在の女性なのだ。

小説のモデルとなった人の出身地は和歌山県田辺であったが、宮尾は、ヒロインとして描かれる葵の出身地を、三重県一志郡多気村に置いたのである。そして葵を、炭の商いをする素封家生まれの一人娘と設定している。

読んでいくと、その地の描写が美しい花片となり、読む者を包み込んでくれるような気持になってくる。最初のシーンに登場する北畠神社を詣でたくなってきた——と思っていた平成二十八（二〇一六）年十一月、三重県生涯学習センターにおいて企画させていただいている〈シリーズ郷土を歩こう！〉で実現することができたのである。

企画タイトルは《名松線に乗って　北畠神社を訪ねて～宮尾登美子『伽羅の香』の舞台へ～》。名松線は、その頃、六年半ぶりに復旧を果たしたばかりだった。その折、私は伊勢奥津駅近くの八幡公民館にて「文学講座」座学の講師をさせていただいたのである。

下見の折にも、講座ボランティアさんたちと一緒に北畠神社の庭園を散策させてもらい、宮司さんから実に丁寧な説明を受けたのだった。企画当日、名松線に乗って少年少女のようにはしゃぐ参加者さんと共に、私自身も大いに『伽羅の香』の舞台を堪能させてもらった。

北畠神社

物語は、多気村の山林王の一人娘として本庄葵が誕生する日から始まる。不運なお産が続いた後の、まさに宝の子だ。何不自由なく育った葵は、従弟の梶本景三と結ばれて、二人の子にも恵まれた。だが、そんな幸せな結婚生活は長続きしなかった。夫の急逝、溺愛してくれた両親の相次ぐ死、加えて二人の子も失ってしまう。次々に不幸に襲われて失意のどん底にあった葵は、日本の香道の復興という一大事業に献身することを決意した――。

明治二十七年七月十八日、三重県一志郡多気村《たげむら》の本庄家の当主祐作は、ここ半月ほどの習慣になっている北畠神社奥之院への朝詣での帰りみち、下から駆け上って来た下男平四によって、たったいま、家に長女の誕生したことを知らされた。

世間に千段坂といわれるこの奥之院への道は、神杉に囲まれて昼でも小暗く、険しいが、その苔むした石段を弾みながら上って来る平四の頭が見えたとき、また凶報か、と祐作は体中硬ばり、穿《は》いている草履が黐《もち》で地につけたようにその場を動けず、心のうちではただ一心に祈っていたことをありありと覚えている。

伊勢の国中央にある一志郡のなかで、この多気村は最西端に位し、山の背波を越せば隣はもう大和の国という奥地にありながら、近辺の集落から「多気村は雲幅が広い」といわれている。というのも、ここが昔から、中世には北畠さまの城下町、近世には大和から伊勢詣での本街道宿場町としていまなお村に旅籠屋も多いところから来るもので、確かに、雲の切れ端しか見えぬ谷底の奥地から較べれば、ここはまるで町なかのように空もひらけ、お天道さまの道のりも長い。

（以下『伽羅の香』中公文庫）

本庄家には過去四回、男の子が誕生したが、すべて育たなかった。そんな悲劇を経た後の一粒種の女の子誕生である。父の祐作は北畠神社奥之院へ詣でている。幕開けに多気村の描写が続き、いつの間にか読者は物語の世界に身を置いているのである。その多気村の描写が実に美しいのだ。

葵の父祐作の妹宗子が嫁した梶本家の叔父貢から、香というものを初めて教えてもらうシーン――葵が生まれて初めて香にふれた瞬間である。

目を瞠《ひら》くとそこには何もなく、再び視線を池の面に移したとき、今度ははっきりと、ああいい匂い、と判り、その香りがどこからか流れて来ていることを知った。それが目には見えぬ香りだとは判っても、最初に受けた軽やかに美しいもののたなびく感じからは抜け切れず、喩えていえばかぐや姫が昇天するときの、透きとおった裳裾がゆるやかに風に波打っているその余香を身に浴びているような思いに捉われているのであった。

「かぐや姫が昇天するときの」とは、唸らずにはいられない表現だ。私も若い一時期、お香の作法を教えてもらったことがあるが、そんな言葉は出てこなかった。

香を習おうと決心した葵が、叔父の貢に相談した時、「もしあおさんが香を習うとしたら、大別して作法に主眼をおく流派と、匂いそのものを楽しむ流派とのふた通りのうち、どちらを選びますか？」と問われる場面がある。

どうやら、私の場合は「作法に主眼をお」いて習っていたようだ。今は、京都に行くたびに、気に入ったお香を手に入れて楽しんでいる。お香はやはり、香りそのものを楽しみたいではないか。これは、作法に振り回されることしかできなかった香道劣等生の言であるのだが……。

香に出会った葵は、その感想として「かぐや姫が昇天するときの」と語っている。その喩えに出てきた『竹取物語』に話を移そう。

私は、「源氏物語千年紀」の年より《源氏物語を原文で読む》という講座を開講し、一行も飛ばさず朗読を交えながら解読していく『源氏物語』講師をさせていただいている。『紫式部日記』の寛弘五年（一〇〇八年）の記述を根拠として二〇〇八年をちょうど千年を迎える年とした、あの「千年紀」である。

左衛門の督、「あなかしこ、このわたりに若紫やさぶらふ」とうかがひたまふ。源氏にかかるべき人も見えたまはぬに、かの上はまいていかでものしたまはむと、聞き居たり。

(『紫式部日記』岩波文庫)

(左衛門の督藤原公任さまは、「失礼。このあたりに若紫さんはいらっしゃるかな」と中を覗かれる。光源氏にかかわるようなお方は、ここにはいらっしゃらないのに……まして私が紫の上だなんて、とんでもない話だわ。そんなお方はいらっしゃいませんよ、と聞くだけは聞きましたが何も返答はしませんでした)

これを書いている現在、物語は「宇治十帖」の「宿木」を爆走中だ。自分でも知らぬうちに、随分長い年月を『源氏物語』と過ごしてきたと思う。その作者紫式部が「絵合」の巻で「物語のいできはじめのおや」と高く評価しているのが『竹取物語』である。

その『竹取物語』では、かぐや姫昇天の場面はこう書かれている。天人たちが光とともに降下し、かぐや姫を迎えに来るシーンだ。天人の中の王らしき人が、「姫は罪に服する期間が終わったので迎えに来た」と翁に言うのである。興味津々の「かぐや姫の罪」に関しては、またの機会に書くことにする。

そこで、かぐや姫は帝に手紙を贈り、天皇の補佐官ともいうべき頭中将に壺に入った薬(不死の薬である!)を渡すのだ。

今はとて天《あま》の羽衣《はごろも》きるをりぞ君をあはれと思ひいでける

とて、壺の薬そへて、頭中将《とうのちゅうじょう》呼びよせて、たてまつらす。中将に天人《てんにん》とりて傳《つた》ふ。中将とりつれば、ふと天の羽衣うち着せたてまつりつれば、翁をいとほしく、かなしと思《おぼ》しつることも失《う》せぬ。此衣着《きぬ》つる人は、物思ひなく成りにければ、車に乗りて、百人ばかり天人具《ぐ》して、昇《のぼ》りぬ。

(『竹取物語』岩波文庫)

かぐや姫が昇天するときの、透きとおった裳裾こそ天の羽衣である。あの金子みすゞが「おはなしのうた」と題して詠んだ詩がある。

竹のなかから/うまれた姫は、/月の世界へ/かえって行った。

みすゞの詩の最後の連は「ばかな人たちゃ/忘れてしもうた。」という、意外な社会批評が顔を出す。意外ではない。みすゞは社会を見つめていた人だ。

竹の中から生まれた姫は、帝を慕い、翁をいとしく思う人間の女性になっていた。だが、羽衣を着た瞬間、この世の人ではなくなってしまうのである。

平等院鳳凰堂を訪ね九品来迎図を見るたび、私はいつも「これはかぐや姫を迎えに来たあの一団だ!」と思ってしまうのだ。

宮尾が描く葵の香との出会いは、かぐや姫の昇天に似て、既に死の香を帯びているといえようか。


葵はその夜、家に帰ってのちもまだあのいい匂いに酔うている心地からなかなか醒めなかった。いい匂いはふしぎに天空を飛翔する快感と結びつき、快感はまた美しいものへの憧憬へと移行して、それは何故か叔父貢の顔と切り離せないものであった。火にくべると香気発するという神宿る木のことを話してくれた貢は、まるで香木の化身のように葵には思え、あの眼光の、みひらけばきっと人の心の奥底まで見透す力を持ちながら、葵に対して和やかな慈眼で接してくれたのをいつまでもなつかしく目に浮べているのであった。

今まで一人っ子の箱入り娘として、外にも出してもらえなかった葵は、叔父の貢の勧めによって習い事を始めるのである。

その後、貢の三男である従兄の景三と結婚し東京に暮すことになり、娘と息子に恵まれるのだが、順風満帆に見えた葵の人生は、夫、両親、叔父、娘、息子の死によって大きく変転してゆく。次々に肉親を失ってゆく悲劇に加えて、最愛の肉親である叔父や夫までが、葵を騙していたことが死後に明らかになる場面では、読者は葵とともに怒り泣く時間を持つことになる。その後、香の世界においても信じ切っていた多くの友や弟子に裏切られていくのである。

あまりに絶望的な事件が続き、読者としては胸休まる暇もなく、もう誰も死なせないで！　と叫びたくなるような展開——。だが、そこここに記された香の歴史と作法、古典文学への逍遥を読み進めてゆくと、宮尾登美子の豊饒さに圧倒されている自分を発見するのだ。

一方古典の勉強と習字も怠らず、香道が打ち立てられる以前のさまざまの書物のなかに出てくるそらだきものの話はおもしろく、とりわけ宇津保物語、源氏物語にはこまごまと、日本書紀、文華秀麗集、菅家文章、更級日記、大鏡、栄華物語、今昔物語、明月記、宇治拾遺物語など名高い古典にも必ず一、二行は触れてあるのを見ると、香が昔から最高の饗応と身嗜《みだしな》みに使われていたことがわかる。

源氏物語は源氏香という遊びがあるために、とくに精読しなければならないが、葵の巻については葵はいつも虚心では読めなかった。


葵は上流階級と呼ばれる人々との交流の中で、三重の多気から来た奉公人が撒き散らす多気の匂いを嫌うようになってゆく。多気の本家を取り仕切り、葵に豊かな経済力を持たせてくれる奉公人の関さんや平四夫婦をも遠ざけてしまうことになるのである。

「お出は三重の山奥だそうですよ。山持ちではいらっしゃるけど、位も系図も何にもないお家柄なんですって」という夢の中の弟子の言葉は、葵の頭に常にあった劣等感だった。

「山賤の身を恥じてみずからそれを秘し、背のびしてあのひとたちの仲間に入ろうとした」自分を、最後の最後で見つめることになるのだ。

人々の裏切りがすべて判明したのち、己の命も永くないことも知って、毒薬を呷って死ぬことも考えた葵に、多気山河が目の前に現れるシーン——。


師走に入ったある朝、葵は夜明けの寒さに思わず夜具を引きあげようとし、台所で炭俵の底を叩く音を聞いたように思った。ああ、なつかしい、と首を擡《もた》げ、炭俵の底にこぼれている割れ炭の、からからと炭籠に落ちる乾いた音をもう一度聞こうとして聞耳を立て、そしてそれがいまはガスばかりのこの家では聞くはずもないそら耳だったのを知ったとき、葵の目の前に忽然と多気の山河が現われた。

着物の衿のようにたたみ重なる山なみの向う、北に尼嶽《あまだけ》、南に高見嶽《たかみだけ》が聳え立ち、地には八丁《はて》俣川《またがわ》の豊流、北畠神社の緑陰、とそれは葵の生を享《う》けてよりこのかた結婚の日まで、心身の血肉となってしっかりと刻印されている風景であった。


……（中略）……


心がひたひたと満ちて来、葵は声に出して、

「多気に帰りましょう。多気に帰りましょう」

とくり返しいい、自分自身その言葉にうなずきながら今度は仏壇に向って、「みんなで多気に帰りましょうね。私が連れて帰ってあげます」

と呼びかけた。


圧巻の多気村の登場である。

最終場面、生まれ故郷に帰ることを決意した葵の、訛り言葉が胸に沁みる。

「多気ってほんとうにええとこやねえ」

この小説の中でどのシーンが一番好きか？　と尋ねられたら、気分の良い日に葵が蒔絵の筥の中から香の一包みを取り出すシーンを選ぶだろう。

その香は夏蜜柑の別称である「蘆橘《ろきつ》」という名で「勅銘香、山人」と書かれていた。加えて「仙人の出る袖匂う菊の露、うち払うにも千世は経ぬべし」という長命の証しの歌も書かれていたのだ。

こうして葵は、「山人」の誇りを自ら放棄し、嫌悪すら感じていた年月を悔やむのである。私自身が、「蘆橘」の香を聞いてみたくなった場面である。

これまで、汚濁の東京で貴族たちの仲間に入ろうと足掻いていた葵は、香木や香道具とともに多気の山に眠ることを望むようになってゆく――この時、読者の頭には、生き生きとした美しい多気村の風景が、眼前いっぱいに拡がってゆくのである。物語の最終シーンだ。

「一番長持には夏小袖、二番長持には冬小袖、三番長持には化粧道具、ずっと続いて十五番長持には香木、最後の十六番長持には香道具と、昔のお姫さまのお嫁入りには及びもつかないけれど、せめて八台目のトラックにはこれらのすべてを積み込んで、晴れやかにたのしく多気に帰りましょう」

それが伽羅びととしての矜持というもの、と小さく呟き、文庫の風通し窓から五月の陽を受けて萌黄いろに輝いている柿若葉を見上げた。

「伽羅びととしての矜持」を持ち、多気の人々や美しい風景に回帰しようとする葵の姿は、神々しさを伴って、私の脳裡に永遠に刻まれていくだろう。

三　随想集『はずれの木』

国民的作家である宮尾登美子の日常生活を描いた随想集に『はずれの木』という作品がある。その中に「木の話　3」という文章があって、『伽羅の香』を書いた時のエピソードが記されている。

「伽羅の香」を書いたとき、全国の香をたしなむ人たちからさまざまな香木を頂いたが、そのなかに、

「法隆寺改築のときの古材を手にいれましたのでお分けします」というお便りがあり、なかには少量の木片が入っていた。

何の木かは知らないものの、法隆寺の古材といえば八世紀前後の建材であり、さだめしひっぱりだこで分け合ったと思われるが、それだけにとても有難く感じられ、香木を炷《た》くときのように雲母に載せて聞いたところ、いやもうこの香の気品高く、そしてやさしいこと、私は思わずひれ伏したほどだった。（以下『はずれの木』角川文庫）

凄い話である。八世紀前後の建材というだけでも圧倒されるが、一冊の本がここまで影響力を持つことにも感服する。法隆寺改築の折に手に入れた古材……その香を聞けば、瞬時にかぐや姫となって昇天するに違いない。

『はずれの木』には、もうひとつ三重県が登場する。お茶好きな宮尾が愛用するのは三杉茶なのである。あの人気小説家の日常に三杉のお茶があったのだ。こんな垣間見はとても嬉しい。

いま私が愛用しているのは、三重県美杉村の山中さんが栽培している美杉茶である。紹介してくれる人があって試してみたら、とても素直でくせがなく、私にはぴったたりの味だったので、もう十五、六年来、この美杉茶一辺倒である。

毎日仕事にかかるまえ、つまり昼食のあとで急須いっぱいに葉を入れて湯を注ぎ、葉が半びらきのとき、大きな湯呑みに注ぐ。

これに和菓子を添え、ゆっくりと味わうのが私の一日中での至福のとき。

このお茶がなければ私の仕事の時間ははじまらないし、仕事にかかってもお茶を飲んでいなければ頭は全く回転しない。

で、私のお茶のいれかたは、一煎かぎりである。もったいないけれども、最初の一杯だけで十分、二煎三煎は必要ないので捨ててしまう。

そして、その他のお茶の時間は全部ほうじ茶にしており、こう考えてくると、ていねいにいれた煎茶の一杯はどうやら毎日の仕事のエンジンというところらしい。

文豪宮尾登美子の日常が、色彩や匂いをともなって見えてくるようだ。

無冠実力作家の「鳥羽三部作」

――山本周五郎の三重

一　山本周五郎の「鳥羽三部作」

山本周五郎の作品を一つも知らないという人はいないだろう。今でも、彼の多くの作品がテレビドラマとなって大勢の視聴者に観られている。

小雨が靄《もや》のようにけぶる夕方、両国橋《りょうごくばし》を西から東へ、さぶが泣きながら渡っていた。双子縞《ふたごじま》の着物に、小倉の細い角帯、色の褪《あ》せた黒の前掛をしめ、頭から濡れていた。雨と涙とでぐしょぐしょになった顔を、ときどき手の甲でこするため、眼のまわりや頬が黒く斑《まだら》になっている。ずんぐりとした軀《からだ》つきに、顔もまるく、頭が尖《とが》っていた。
――彼が橋を渡りきったとき、うしろから栄二《えいじ》が追って来た。

（『さぶ』講談社文庫）

彼の作品は朗読すると、ジンとくる。中でも有名な『さぶ』は、書き出しから引きずり込まれてしまう文体が素晴らしい小説だ。さぶの姿が、すぐそこで濡れしょぼたれているかのように現れてくる。テレビや映画の作品も素晴らしいが、ぜひとも原作で読んで欲しい作品だ。

山本周五郎は「無冠の実力派作家」としても知られた人である。直木賞やら毎日出版文化賞やら、物書く人にとって口から手が出るほどほしいはずの賞を悉く辞退している。日本文学史上の文豪たちの多くが高学歴出身者であるのに、その一方で吉川英治や松本清張、山本周五郎は、そんな経歴とは無縁の作家たちだ。

「周五郎は学歴コンプレックスから権威を辞退し続けたのだ」と言われることが多いのだが、私はそうは考えてはいない。「曲軒」と呼ばれるほどの、つむじ曲がりの性格からくる行動なのだと思っている。

学歴があれば、その人の根性は曲がらないのか——と言えば、そうではないだろう。特に周五郎の場合はそうではないだろう。たとえ彼が帝国大学卒だとしても、権威＝賞を辞退したのではないだろうか。超高学歴の夏目漱石が学界の出世コースを自ら蹴ってしまったように——。

実際のところ、周五郎、学歴はほしかったようだ。自分の履歴をわざわざ詐称したりしているのだから……。だが、それとはまったく別次元で、権力・権威という存在そのものは心底大嫌いだったと思う。そんな思いを抱く周五郎が書くものだからこそ、人間の底の底まで見通すような作品となるのであろう。

太宰治の作品群は「青春のバイブル」と呼ばれ、山本周五郎の作品群は「おとなのバイブル」と呼ばれるそうだ。私もこの歳にして、やっと大人の味がわかるようになったというわけか。

その山本周五郎が、三重県鳥羽を舞台にした「鳥羽三部作」を書いている——という事実を、三重県人はあまり知らない。私自身は、三重県に来て初めてこのことを知った時、「あの山周が鳥羽を舞台に書いていたのか！」と驚くと同時に、なんだか非常に嬉しくなったことを覚えている。その時つくづく、自分はすっかり三重県の人になったのだなあ……と苦笑したものだ。

その「鳥羽三部作」とは、『彩虹《にじ》』『初蕾《はつつぼみ》』『扇野《おうぎの》』と名づけられた三つの小説である。

二　『彩虹《にじ》』を読む

まず、鳥羽三部作の一作目は『彩虹』である。太平洋戦争直後の昭和二十一（一九四六）年「講談雑誌」二月号に発表された、周五郎四十三歳の作品だ。

鳥羽藩筆頭年寄の樫村伊兵衛は、料亭「桃園」の幼馴染みの娘さえに好意を抱いているのだが、結婚するほどの決断ができないでいる。そこへ藩改革のため江戸から帰って来た親友の脇田宗之助というイケメン男が、政治改革を実行する一方で、積極的にさえとの結婚を伊兵衛に依頼する。宗之助は、淡麗美男子、敏腕有能。そんな彼に先手を取られた伊兵衛は、この出来事をきっかけに、さえに恋していた自分の心に気づくのだった。その後、宗之助がキザな悪役を買ってでたことで、伊兵衛がさえとの結婚を決断するに至る話である。

「……ひと夜も逢《あ》わぬものならば、二重《ふたえ》の帯をなぜ解いた、それがゆかりの龍田山、顔の紅葉で知れたとや……」

さびのあるというのだろう、しめやかにおちついた佳《よ》い声である。窓框《まどかまち》に腰を掛けて、柱に頭をもたせて、うっとりと夜空を眺めていた伊兵衛は、思わず、

「たいそうなものだな」

と呟《つぶや》いた。

（以下「雨の山吹」新潮文庫『彩虹』）

物語は、イケメン男が佳き声で小唄をうたう場面で始まる。世の中には、何をやらせても人より上手にやってのける人間がいるものだが、脇田宗之助はその部類の人である。鳥羽藩稲垣家の国家老だった父宗左衛門の一人息子である宗之助は、エリート中のエリートだ。彼は、鳥羽藩の将来を担うため江戸から帰国したばかりである。その宗之助の帰国を祝う宴会が開催されている最中なのだ。さえは、その宴会場の料亭「桃園」の娘である。

その宴会から抜け出してきた伊兵衛は、さえと二人で幼馴染の会話をしている。そこへ、宗之助が入ってきて相撲を挑んでくる。みごとな体格をした男が二人、料亭の庭に出て裸で組み合うシーン――なかなか心理的な情景でもあるのだ。挑む動機が、さえにあるのかも知れない……と伊兵衛が考える場面も、その後の物語のどんでん返しの効果を思うと、うまい展開だなあと感服する。

このあと宗之助は、さえと結婚したい旨、伊兵衛に伝えるのだが、その後宗之助には、

すでに他に嫁は決まっていたことが判明し、怒った伊兵衛が彼に平手打をくらわせる場面となる。

伊兵衛はその眼をひたと睨《にら》んでいたが、大きく右手をあげ、宗之助の高頬をはっしと打った。力の籠《こも》った痛烈な平手打ちである。宗之助の上身はぐらっと右へ傾いた。

「これが古い友達の別れの挨拶だ」

伊兵衛は抑えつけたような声で云った。

「……貴公は貴公の好むように生きろ、おれはおれの信ずる道をゆく、ひと言云っておくが、正しさというものを余り無力にみすぎるなよ」

そしてそのまま大股に去ろうとすると、うしろから宗之助が、

「樫村」

と呼んだ。

伊兵衛は廊下に立止って振返った。宗之助はじっとこちらを見た、なにやら色の動いている眼つきだった。

「……二人の仕合せを祈るぞ」

低い声でそう云うと、宗之助は元の席のほうに帰った。伊兵衛もそのまま踵《きびす》を返し

た。

「古い友達の別れの挨拶」だったはずの平手打は、このあと意外な展開を見せるのである。脇田宗之助という、顔も良く、仕事もできる、革新的政治家でもある男は、伊兵衛が考えているような狭量な男ではなかったのである。

この物語は、一人の善き男が親友のために恋を成就させてやる——という話だけを描いているのではない。鳥羽藩の政治改革に奮闘する宗之助に対して、民の人気取りのために政治をやっているのか？　と詰る伊兵衛の姿が描かれる。それに対して、宗之助は「活きた政治をおこなうためにはまず家中領民の人望と信頼を掴まなければならない、家中の士にとっては扶持、領民にとっては租税、この二つは直接生活に及ぶもので、政治に対する信不信も多くここに懸かっている……」と答える。

実に頼もしい場面だ。宗之助という男は、そんじょそこらの軽率なイケメン男ではないのである。

悪役を演じた宗之助が彩虹の架け橋となり、やっと結ばれることになった伊兵衛とさえが語り合う最終場面は美しい。

「まあごらんあそばせ、美しい、大きな彩虹《にじ》が」

伊兵衛も立っていった。

雨後の浅みどりに晴れあがった空に、大きく鮮やかにすがすがしく彩虹がかかっていた。

「美しいな」

伊兵衛も眼のさめるような気持で声をあげた。

「……あの雨があって、この彩虹の美しさが見られるんだ。脇田宗之助はおれたちにとっての夕立だったな」

そう云った刹那《せつな》だった、彼の耳に、「二人の仕合せを祈るぞ」という、宗之助の別れの言葉が甦《よみがえ》ってきた。

ああ、——伊兵衛は思わず宙を見た。

——脇田め、それを承知のうえか、自分がひと雨降らさなければ、二人の上に彩虹の立たぬことを。

……あいつはおれの気性を知っていた、そうだったか。

平手打をぐっと堪えたときの、逞《たくま》しい宗之助の表情を思い返しながら、伊兵衛はふと自分の右手を見た。

……さえはじっと彩虹を見あげていた。

物語に描かれる美男というものは、たいてい自信過剰の嫌な男として描かれることが多いのだが、周五郎作品に出てくる美男は、『さぶ』の栄二もそうだが、結構人情派でイイ男として描かれている。

そして、この『彩虹』に登場する善き人物たちが、鳥羽藩の武士たちなのである。

三　『初蕾《はつつぼみ》』を読む

鳥羽三部作の二作目は『初蕾』。戦後の昭和二十二（一九四七）年一月号「講談雑誌」に発表された、周五郎四十四歳の作品だ。戦争が終わってのち、世相が大混乱している中にも、光明と希望が見え始めた――そういう時代の作品である。戦争を知らぬ身にも、この作風に平和なふくらみを感じることができるのだ。この頃から、周五郎の作品に円熟味が加わるようになったといわれている。

この小説は、平成十五（二〇〇三）年、山本周五郎生誕100年記念のTBS番組で、宮沢りえが主人公お民を演じていた作品である。主人公お民を陰で支え続けるのが、鳥羽で廻船問屋をしている富豪島屋喜右衛門であるという設定だ。周五郎作品における〈鳥羽の富豪〉は、すべて頼もしい善人として描かれているのである。

お民と兄と母は、父が死んでから二見へ来た。二見浦の浜にある宿に仕事を見つけるが、それはみじめな生活だった。兄も母も死んでしまった。お民は美しく生まれついたことで、客に人気のある「ふじむら小町」として稼ぐようになった。

——信じられるのは自分だけだ、世間や人を信じたら泣かされるにきまっているんだ、好きも嫌いもあるものか稼げ稼げ。

そういう風に自分をけしかけていた、八両なにがしという借金を返し、着物も二枚、三枚と作れるようになったのは、十八になった今年の春からだった。そこへ梶井半之助が現われたのである。……初めは「島喜」という名で知られた島屋喜右衛門の案内で来た。「島喜」は鳥羽で廻船問屋をしている富豪で、藩侯稲垣家のお勝手御用も勤めている。喜右衛門はもう隠居だったが、藩家の用事は自分が扱っているので、重役たちを伴れてしばしばふじむらへ来た。半之助の父は梶井良左衛門といって、稲垣家の港奉行だったから、その関係で半之助をも伴れて来たようだった。

(以下「月の松山」新潮文庫『初蕾』)

美男でもないし、笑うと眼がなくなるし、背も高くないし、歌は下手だし……という、まったく取り柄のない風貌の半之助に惹かれるお民。これまでの人生で人を信じられなくなっていたお民は、半之助のゆったりとした温かさに惚れて、彼のふところに飛び込んでいくのである。

鳥羽港の船問屋の船夫をしていたお民の父は、熊野灘で難破して死んだ。その後、母と一緒に二見にやって来たが、そこでも不運な境涯の身として生きることになる。

だが今のお民は、客に大人気の「ふじむら小町」と呼ばれている身だ。お民が漏らす「なんだいという気持」や「信じられるのは自分だけだ」「どうせ泣くように生れついたんだ」という破れかぶれの言葉は、痛い棘となって読む者に迫ってくる。

この時代には、お民が経験したような最底辺の場で生きねばならぬ人間は多々いたことだろう。周五郎描くお民の台詞は、そのような人々の地底の呻きを鋭く表現していると強く感じる。緊張感に満ちた言葉の数々である。

そんな日々の中、相手に飽きたらさっぱり別れる仲でいよう……という合意のもとに逢っていた梶井半之助との間に、小さな命がお民の身内に生まれる。その子小太郎のため、その後のお民の人生が変貌していくのである。

半之助が塾生に異端の講義をしたことで助教の席を逐《お》われ、国から姿を消したあと、半之助の両親が捨て子として現れたその赤ん坊を育てることになる。そこに、うめと名を変えたお民が乳母としてやって来て、本当は実の息子である子を育てるのだ。このあたり、ストーリーテラーとしての周五郎の筆が冴え渡る展開である。

虚無に満ちた、蓮っ葉な女だったお民は、生活を共にするようになった姑のはま女によって教養ある女性へと成長してゆくのである。はま女から躾けられることによって、それまでの、男と女の関係は好きなうちは愛し合って飽きたら別れる——という考えが間違っていたと気づくようになったお民が、「幾十万人という人間の中から、一人の男と一人の女が結びつく、これはそのまま厳粛で神聖なことだ」ということが身にしみて理解できるようになる過程は胸を打つ。

その後、国から消えた半之助も、殿に認められて儒臣として召し抱えられ、もうすぐ江戸から帰ってくることになる。

物語の舞台裏でお民や半之助たちを支え続けたのが、鳥羽で廻船問屋「島喜」を商う島屋喜右衛門である。この人の存在がなくては、物語の終盤は迎えられない。喜右衛門を筆頭とした周囲の善意に包まれて、母として、嫁として、女性としての幸福を抱きしめるお民。最終場面のはま女の台詞——。

「ごらんなさい、この梅にはまた蕾《つぼみ》がふくらみかけていますよ、去年の花の散ったことは忘れたように、どの枝も初めて花を咲かせるような新しさで、活き活きと蕾をふくらませています、帰って来る半之助にとって自分が初蕾であるように、あなたの考えることはそれだけです、女にとってはどんな義理よりも夫婦の愛というものが大切なのですよ」

これからお民の姑となっていく存在の、はま女の言葉——読むたびに涙が出そうになる。『初蕾』を初めて読んだ時、「どうせ泣くように生れついたんだ」と自嘲するお民と、樋口一葉が書いた『にごりえ』の酌婦お力が重なった。鳥羽と東京と生きる場所は異なれど、いわゆる下層社会に生きる女に至る境遇と、その世を投げ捨てたような虚無的態度が似ていたからである。

お力が、結城朝之助に語る言葉「どうで下品に育ちました身なれば、こんなことして終るのでござんしょ」は、そのままお民が語りだしそうな言葉だと思える。

「ああ嫌だ嫌だ嫌だ」とお民は思っていたに違いないのだ。

だが、山本周五郎は『初蕾』において『にごりえ』のごとき悲惨な終幕を描かなかった。

最後のはま女の言葉は、お民の未来の安穏を保証するものとして光り輝いているからだ。

最後の最後、「まるでなにかの崩れるように、泣きながらはま女の胸へ凭れかか」るお民の姿は、それまでの悲しい人生をかなぐり捨てて、前向きで愛情あふれる世界へ羽ばたいていく、新生の姿そのものであろう。

四　『扇野《おうぎの》』を読む

鳥羽三部作の三作目は『扇野』である。昭和二十九（一九五四）年、周五郎五十一歳の作品だ。「鳥羽三部作」の中でも女性読者が〈もっとも好きな周五郎作品〉としてあげる人気の作品だ。新潮文庫の一冊の目次に並んだタイトルの中、『扇野』と文庫の外カバーに代表作として載っている、山本周五郎の作品中でも、堂々たる代表作だということである。

志摩のくに鳥羽港で回船と海産物の問屋を営む豪商角屋金右衛門の娘おけいが、鳥羽城の襖絵を描くために江戸から鳥羽にやって来た絵師栄三郎と、売れっ子芸妓おつるの恋を成就させてやるというストーリー。

周五郎作品の中では、めずらしく甘く叙情的なラブロマンス小説といった雰囲気がある

『扇野』の舞台に立つ石碑

作品だ。周五郎の他の作品にも描かれている、自分以外の人々を幸福にするという意志的愛を持った女性が、おけいである。こういう女性に弱い私だ。

自分の恋を貫くために、艱難辛苦の日々を送る――などという話は全然おもしろくない。あちこちに落ちている話である。おけいは、それとはまったく異なる女性なのだ。意志的愛を持った女性の魅力満載の登場人物なのである。

栄三郎に恋しながらも、おつるとの恋を成就させてやるため、物語の最後に二人を江戸に逃がそうとする角屋の娘おけい。そのハンサムウーマンのカッコよさに、読み終えた途端、女の私が惚れてしまったのだ。

物語は、座敷にひろげられた下絵を前に、男が絵の評価をする台詞で始まる。

「うんいいね、静かな趣きだ」

石川孝之介はそう云って、脇にいる角屋金右衛門に頷いた。

――なにを云やがる。

栄三郎は心の中でせせら笑った。
孝之介は、藩の家老石川舎人《とねり》の長男だという。年は栄三郎より五つか六つ若いだろう、二十六七歳と思えるが、家老職の子らしいおちつきと、すでに一種の威厳のようなものが備わってみえる。躯《からだ》も顔もやや肥えてまるく、色が白く、だがその大きな（またたきをしない）眼には、意地の悪そうなするどい光りがあった。
（以下「扇野」新潮文庫『扇野』）

絵師の栄三郎は、初めて顔を見た途端、家老の息子である孝之介を嫌な奴だと思った。その男から、「自信を持つのはいいことだが、襖絵になるには何かが足りない」と言われるのだ。反発する栄三郎。しかし、孝之介の言葉は図星だと心の奥ではすでに知っている。栄三郎は、もと旗本の三男で他家へ養子に入ったが、絵を描くことに夢中になった末勘当された身だった。そんな彼を引き取って面倒をみたのが、鳥羽の豪商である角屋金右衛門である。

金右衛門は志摩のくに鳥羽港で、回船と海産物の問屋を営んでいる。また藩家稲垣氏の御用商であって、江戸日本橋に支店があり、年に一度ずつ出府して来た。古くから金右衛門は宗渓の絵をひいきにしていたが、少しまえから、宗渓よりもむしろ栄三郎の絵を欲しがるようになった。単に宗渓より好ましいというだけでなく、絵師としての将来を高く評価したらしい。彼が勘当になったと聞くと、日本橋槙《まき》町の（自分の店の）裏に、小さいながら一軒の家を買い、生活費から小遣まで、ゆき届いて面倒をみた。これは栄三郎の二十五歳の年のことであるが、それからまる七年、金右衛門の彼に対する信頼と好意は少しも変っていない。

主人公を経済面から支える、心豊かな人物として鳥羽の商人が登場している。「鳥羽三部作」に出てくる鳥羽の商人は、すべて高邁な識見を有した人格者揃いである。

この度、鳥羽のお城で御殿を修築することになり、栄三郎が襖絵を描くことになった。もちろん、角屋金右衛門の推薦によるものだ。そんな経過があって、栄三郎は鳥羽にやって来たのである。襖絵の主題は「武蔵野の冬」。

角屋の店は鳥羽港の近くにあり、城下町の西南にある日和山の中腹に別宅がある。金右衛門の妻と娘が住むその家の離れ座敷をアトリエとして、栄三郎は住んでいる。

石川孝之介に「肝心な、なにかが足りない」と指摘されて以来、栄三郎は約半月あまり悩みぬくのであるが、足りないものがわからない。

栄三郎はごろっと反仰《あおの》けに寝ころんだ。すると、すぐそこに、おけいのいるのをみつけた。いつのまに来たものか、うしろへ来て立っていたのが、仰反けに寝たので初めて見えたのであった。

「――なんだ、吃驚《びっくり》させるじゃないか」

「ごめんなさい」おけいは恥ずかしそうに眼を伏せ、すぐにその眼で栄三郎を見た、「あんまり閉じこもってばかりいらっしゃるので心配になったんですの、そんなに根を詰めていらしってもしようがありませんもの、たまには気を変えにいらっしゃるほうがいいと思って」

「ほう、気を変えにね」

「それは此処は田舎ですから、お江戸のようにはまいりませんわ」とおけいは云った。「でも田舎には田舎の面白さもございますでしょ、賑やかに遊んでいらっしゃれば、少しは御気分も変るかと思うんですけれど」

「これは、これは」

「ほんと、いってらっしゃいましよ」おけいはまじめな顔で云った、「加茂川のこちらの町尻《まちじり》に、新水というお茶屋がありますわ、そこは父がひいきにしている家ですから、そこへいらしって、そうね、おつるという芸妓をお呼びになるとよろしいわ」

栄三郎はつい笑いだした。

本当は栄三郎に心底惚れているのに、気晴らしにお茶屋へ行けとすすめるおけいは、小股の切れ上がった女性だ。その上、きっぷがいい女性でもある。なかなか、こんな人はいないものだ。お茶屋をすすめて、「おつる」という芸妓の名まで出している。

おけいに紹介された芸妓おつるに会った栄三郎は、不思議な感動をおぼえる。運命的な男女の出逢いというのだろうか。栄三郎もおつるも、生まれてこの方経験しなかった感情を、お互いに抱いたのである。

おけいに〝樋の山〟に案内された栄三郎は、「草の上に扇子を落としてもらいたい」と頼む。絵師としての傑作への直感が爆裂したということか。何か描けそうな予感……足りなかったものが埋められる予感……おつるは、その通りにするのだった。

――栄三郎はじっとその姿を見まもった。美しいなと思いながら、その姿から眼を放すことができなかった。おつるはゆっくりと歩いてゆき、向うの雑木林のところで立ち停った。そこまでいっても、まだ扇子を持っていた。栄三郎の注文したような気持になれなかったのだろう、そのまま暫《しばら》くぼんやりと立っていたが、やがてまたゆっくりと、こちらへ向って歩きだした。――彼女のうしろから、やや傾いた日が明るくさしつけていた。その逆光の中で、放心したような表情の（色の際立《きわだ》って白い）顔が、殆んど幻想の人のような印象を与えた。……（中略）……

二十間ばかりいった夏草の上に、半ばひらいたその扇子が落ちていた。薄《すすき》と薄の間の、短い萱草《かんぞう》の上に、――金地に赤く花を描いた華やかな色が、まわりの夏草の緑から浮きあがってみえた。

「これだ、これだ、――」栄三郎は昂奮《こうふん》して呟いた、「これを枯野に置くんだ、道傍《みちばた》の枯草の上に、……これでできた」

草の上に扇子を落とすことにより、画竜点睛をみた栄三郎は、ますますおつるを愛するようになる。

孝之介が訪ねて来て、「襖絵に競争者が出ることになった」と告げると、栄三郎は、「不愉快だから辞退する」と言う。もちろんこれは、孝之介の意地悪からきた罠なのである。

孝之介から、競作を中止にしたいなら、自分の妾になれ、と陰で脅されていたおつるは、栄三郎と逢うのをやめにしようとする。おつるに恋した栄三郎は、彼女に、「誰か他に相手がいるのか」と聞く。お互いがお互いを思い、恋するがゆえの台詞のやりとり――。人目を忍んで夜の海岸を逢引する、二人の恋の場面である。

「来てごらんなさい、夜光虫よ」

浜は狭く、砂地よりも岩のほうが多かった。鳥羽湾を抱いた対岸がすぐ向うに黒く横たわり、人家の灯がちらちらとまたたいていた。南の軟風のために海は少し波立ち、ときたま汀へも寄せて来て小さく砕けた。その波の動きにつれて、波の形に青白く水が光るのである。月のない夜だったから、暗い海の上に明滅するその光りは、この世のものとは思えないほど妖《あや》しく美しく見えた。

このあと、急におつるは栄三郎に抱きつき、唇を奪う。どうしようもなく好きになってゆくのに運命が許さない……その切なさでいっぱいになっているのだ。周五郎、なかなかの女ごころの表現者である。

二人でまた樋の山に登ったが、その時おけいは「生活のため人の世話にならなければならなくなった」という嘘の話をするのである。そして、栄三郎に別れを告げるのだった。

だが、角屋の娘おけいの証言によって孝之介の悪事の真相が暴かれていく。競作中止の影に、おつるの犠牲心があったのを知り、栄三郎はおつると一緒に、江戸へ出る船に乗ろうと考える。

最後のシーンが切なく美しい。おけいは栄三郎に恋しながらも、おつるとの恋を成就させてやるため、二人を江戸に逃がそうとするのである。

「先生のことも好きだし、おつるさんも大好きなんです、そしてあたし自分のちからでお二人を仕合せにしてあげられると思うと、嬉しくってもうしようがないんです、わかって下さるでしょ、先生」

栄三郎は頭を垂れた。

「船の者にもそう云ってありますわ」とおけいは云った、「おつるさんは渋るかもしれないけれど、先生がそう仰しゃればいっしょにゆくに定《きま》ってます、あとのことはあたしが引受けますから、江戸へいらしったらどうぞお仕合せにね、そして、――おけいのことも忘れないで下さい」

栄三郎は襖絵のほうへ眼をやった。その絵の枯野に落ちている扇子は、落していった人の姿をあらわしている。

――おけいの心は、この枯野の扇子のように、いつまでも痛く記憶に残るだろうな。

栄三郎はそう思って眼をつむった。

「有難う、おけいさん」と彼はひそめた声で云った、「――いつまでも忘れないよ」

広縁の下あたりで、かねたたきが鳴いていた。

最後の一行――唸らせ、泣かせる、周五郎節が聞こえてくる。

絵師である栄三郎の才能に惚れて援助するのが、角屋金右衛門だが、このモデルとなったのが、屋号を「かどや」といった〈廣野家の当主〉であると言われている。その豪商の家が、現在鳥羽市鳥羽に「鳥羽大庄屋かどや」として残っている。

貴重な民俗資料も残されており、歴史的価値に溢れる「かどや」を会場として、私は二度ほど話をさせていただいている。皮切りは、平成三十一（二〇一九）年三月三十日で、『扇野』の解説と朗読の講演をさせてもらった。その折、鳥羽を舞台にした三部作を、あの山本周五郎が書き残していたと知った鳥羽市の中村欣一郎市長が、非常に熱心に聴いてくださったのだ。この企画がきっかけとなって、その後ずっと懇意にさせていただいている。

みなとまち鳥羽を舞台に描かれる男女の出会いと別れの物語――。当時、周五郎は大作『栄花物語』や『樅の木は残った』という作品と格闘し追い詰められていた時期だった。

「鳥羽三部作」は、周五郎が以前遊んだ鳥羽という地をヒントに、あまり多くの色をつけず、一気に書き上げた作品であろうと考えられる。

「鳥羽三部作」は、三作品とも決して大作とはいえないが、その時の山本周五郎の作家としての心を支えていたのが、帆船の癒しの町――鳥羽であったことは確かであろうと、作品を読むたびに思う私である。

鳥羽大庄屋かどや

三島由紀夫の『潮騒』を読む

――古代さながらの伊勢海の恋

三島由紀夫が遺した多くの本の中で、読者が最も読みやすいと感じるのが、超健康的な恋愛讃歌の小説『潮騒』だろう。

明治の年号がそのまま夏目漱石の満年齢になるのと同じく、三島の満年齢も昭和の年号と一致するので、私にとっては非常にありがたい文豪の誕生日だ。

だが、そんなことは文学史上大したことではない。大正十四（一九二五）年に生まれ、昭和四十五（一九七〇）年に割腹自殺した三島由紀夫の四十五年間の文学的功績ほど価値あるものはないと思う。

十六歳の年、三島は『花ざかりの森』を発表し、彼独特の美意識で埋め尽くされた、華麗かつ硬質な文体で世を驚かした。この時、平岡公毅《きみたけ》は三島由紀夫になったのである。

美しく高貴な精神は、低俗極まりない現実の前に滅んでいくのだ――という意識を持つ三島は、常に「滅び」の美を見つめていた。それゆえ、戦後に至って喪失感を感じるようになっていくのである。虚無と孤独という深海の底に深く沈めた、美的世界を作り上げていったのが三島だ。

東大法学部卒業後、大蔵省銀行局に勤務するが、創作活動に専念するため一年足らずで退職している。学生の頃から新進作家として注目されていた三島の、当然の岐路の決断だった。その後、『仮面の告白』『禁色』を発表していく。

昭和二十九（一九五四）年二十九歳で書いたのが、書きおろし長編『潮騒』である。第一回新潮社文学賞を受賞した『潮騒』は、三島が遺した作品群の中ではまったく異質なものだ。『金閣寺』『美徳のよろめき』を発表する二年前の作品だ。三島の文学世界における奇蹟のような異質感を『潮騒』に感じるのは、私だけではないだろう。

古代ギリシャの恋物語『ダフニスとクロエ』（紀元前一世紀か、それ以前の作品であるらしい）に基づいて書かれ、牧歌的で健康的な青春の姿を描き、古典美の近代化を試みた作品だと評されるのが、この『潮騒』である。

『英霊の声』『憂国』『愛の渇き』『金閣寺』、そして三島の総決算長編『豊饒の海』の愛読者にとっては、『潮騒』という小説は一風変わった小説であることは確かであろう。素直すぎるほどの青春の恋物語であり、非常に難解な文学だと思われている三島作品の中では非常に読みやすい作品なのだ。

この作品を刊行する前年の昭和二十八年三月、三島は三重県の伊勢湾にある神島に旅行している。加えて、同年八月にも出かけていて、九月に書き始めたらしい。作品の中の主要な場所は、すべて現実の神島から取材したものである。

描かれる島々、坂手島・答志島・菅島は実名で書かれている。その中で、歌島だけは空想の島の名だが、『潮騒』の舞台は神島であると断言していいだろう。たとえそれが、三島の頭の中で形を整えつつあった小説の舞台に、たまたま申し分なく鎮座していた島だったという理由だとしても、神島という島との出会いは、三島にとって奇蹟の僥倖であったことは間違いない。

伊勢湾に浮かぶ小さな歌島。学校の勉強はまるで駄目だが、逞しい肉体と健全な精神を持った若い漁師として登場するのが久保新治だ。一方、村では有数の金持ちの子ではあるが、自ら海女の仕事もする網本の美しい娘が宮田初江である。

新治は初江に恋をする。二人は初江の父宮田照吉の反対にあうが、暴風雨の海で新治がとった勇敢な行動で結婚を許される。二人のひたむきな恋は結ばれた——という物語である。

歌島《うたじま》は人口千四百、周囲一里に充《み》たない小島である。

歌島に眺めのもっとも美しい場所が二つある。一つは島の頂きちかく、北西にむかって建てられた八代神社《やつしろじんじゃ》である。

ここからは、島がその湾口に位《くら》いしている伊勢海《いせうみ》の周辺が隈《くま》なく見える。北には知多半島が迫り、東から北へ渥美半島が延びている。西には宇治山田から津の四日市にいたる海岸線が隠見している。

二百段の石段を昇って、一双の石の唐獅子《からじし》に戍《まも》られた鳥居のところで見返ると、こういう遠景にかこまれた古代さながらの伊勢の海が眺められた。

（以下『潮騒』新潮文庫）

三重県人にとっては、殊に鳥羽市に住む人々にとっては、馴染み深い固有名詞が並んでいる嬉しいプロローグだろう。最初に「古代さながらの伊勢の海」と書かれている。三島は、古代期のギリシャに憧れ続けた人だ。神島を訪ねるうちに、そこに古代の美を見出したのかも知れない。

太平丸の漁師である久保新治は、恩義ある燈台長に平目を届ける折、浜で見覚えのない少女と出会う。新治の家族は、母親とみと弟の宏の三人である。父は戦争で死んだ。新治が出会ったその少女は初江といい、一度は志摩に貰われていたのが、兄の死で呼び戻されたのだった。新治は、舟の仲間や青年会の例会でも、初江の噂を聞く。ある日、二人は元陸軍観的哨跡で出会う。

やがて松林の砂地のかなたに、三階建の鉄筋コンクリートの観的哨《かんてきしょう》が見えだした。この白い廃墟《はいきょ》は、周囲の人気のない自然の静寂の中に妖《あや》しく見えた。伊良湖崎のむこう側の小中山《こなかやま》試射場から、射ち出される試射砲の着弾点を、二階のバルコニイで双眼鏡を目にあてている兵が確認する。案内の参謀が、どこへ落ちたか、と質問する。兵が答える。戦争中まではそういう生活がここでくりかえされ、宿営する兵士たちは、しらぬ間に減っている糧秣《りょうまつ》を、いつも狸《たぬき》の化物のせいにするのだった。

若者は観的哨の一階をさしのぞいた。束ねられた枯松葉が山と積んである。物置に使われていたらしい一階は、窓がすごく小さいために、中には硝子の破損していない窓もある。そのわずかな光りをたよりに、母のめじるしはすぐ見つかった。幾束かに赤い布がつけられ、稚拙な墨の字で

観的哨

「久保とみ」と自分の名が書いてある。

神島を観光または文学散歩する人々が必ず行く観的哨の登場である。実際に行ってみると、さほど大きな建物ではないのだが、『潮騒』で、あまりにも印象的に描かれた場所だということや、何度も映画化された有名な場所なので、確かに何か特別なものがそこに息づいているのではないかと思わせられるスポットである。三階建ての観的哨を見て、三島が喜んだことは想像に難くない。

そこで道に迷って泣いている初江と出会った新治は、その日から物思いに沈むようになっていく。「川本の安夫が初江の入婿になる」という噂話を聞いた新治の心は、初江が他の男と結婚するのではないか……と、真っ暗な心持ちになっていくのだ。浜で船を引き上げるのを手伝った新治は、漁で得たお金を落してしまう。それを届けてくれた初江から、そんな噂は「大うそやがな」と聞いたあと、二人の唇が触れ合うシーンになるのだが、その唇の表現が印象的だ。

「それは少し塩辛かった。海藻のようだと新治は思った。」と描くのである。不純なところが微塵も無い、無垢の少年と少女の唇が触れ合ったシーンだ。

この小説で描かれる人の中で、好きだなあ……と感じる登場人物がいる。成績の悪い新治が落第した折、灯台長が校長に話をしてくれたことでやっと卒業することができた――という経過があった。そんな恩義ある人が燈台長であり、その娘が千代子である。千代子こそ、悩める乙女なのだ。

灯台長夫婦は、島の人々の中でもインテリの部類に属する人だ。その娘は東京の大学に行っている。千代子は新治が好きでたまらないのである。この女性が非常に魅力的に登場しているのだ。

だがそんな思いとは無縁に、新治と初江の恋はどんどん大きく育っていくのである。青春とは残酷なものだ。

燈台長の家からの帰り道で、新治が初江に夢を語るシーンである。

「おれはいつか、働らいて貯めた金で機帆船買うて、弟と二人で、紀州の木材や九州の石炭を輸送しようと思っとるがな。そいでお母さんに楽をさせてやり、年をとったらおれも島にかえって、楽をするんや。どこを航海していても島のことを忘れず、島の景色が日本で一番美《え》えように、（歌島の人はみんなそう信じていた）、またア、島の暮しはどこよりも平和で、どこよりも仕合せになることに、力を協《あわ》せるつもりでいるんや。そうせんと島のことを、誰も思い出さなくなるによってなあ。どんな時世になっても、あんまり悪い習慣は、この島まで来んうちに消えてしまう。海がなア、島に要るまっすぐな善えもんだけを送ってよこし、島に残っとるまっすぐな善《え》えもんを護ってくれるんや。そいで泥棒一人もねえこの島には、いつまでも、まごころや、まじめに働いて耐える心掛や、裏腹のない愛や、勇気や、卑怯《ひきょう》なとこはちっともない男らしい人が生きとるんや」

歌島の景色が、日本で一番美しいと語る新治。海が島にまっすぐで善いものだけを送ってくる――なんと清らかな若者であろうか。ここには、三島文学の根幹ともいえる屈折した精神や変身願望、人生のタブーなど微塵も存在しない。

このあと、手も握らず、接吻など思いもよらず、二人は共感と信頼に満ちて別れていくのである。きのう、唇に触れあったことを不思議にすら思いながら……。

嵐の日、二人は観的哨で会う約束をする。肌着までずぶ濡れになった新治は、焚火をしている間に眠り込んだ。目をさますと濡れた衣類を乾かすためか、初江が上半身裸で佇んでいた。恥ずかしさで、「目をあいちゃいかんぜ！」と叫ぶ初江。『潮騒』の中で、最も有名で人気のあるシーンだろう。

このとき急に嵐が、窓の外で立ちはだかった。それまでにも風雨はおなじ強さで廃墟をめぐって荒れ狂っていたのであるが、この瞬間に嵐はたしかに現前し、高い窓のすぐ下には太平洋がゆったりとこの持続的な狂躁をゆすぶっているのがわかった。

少女は二三歩退《しりぞ》いた。出口はなかった。コンクリートの煤《すす》けた壁が少女の背中にさわった。

「初江！」

と若者が叫んだ。

「その火を飛び越して来い。その火を飛び越してきたら」

少女は息せいてはいるが、清らかな弾んだ声で言った。裸の若者は躊躇しなかった。爪先に弾みをつけて、彼の炎に映えた体は、火のなかへまっしぐらに飛び込んだ。次の刹那《せつな》にその体は少女のすぐ前にあった。彼の胸は乳房に軽く触れた。『この弾力だ。前に赤いセエタアの下に俺が想像したのはこの弾力だ』と若者は感動して思った。二人は抱き合った。

この直後、初江は「嫁入り前の娘がそんなことしたらいかんのや」という道徳的言葉を吐くのである。新治の嫁さんになるまでは、してはいけない行為だと言うのである。

古代さながらの島で、これから結婚しようと決めた男女は、こうでなくてはならないだろう。道徳的な事柄に対して敬虔さを失ったら、それはもう古代の神話ではなくなってしまう。俗物ならぬ神聖なカップルが、神々しく抱き合うのである。ここで読者は、己の全肉体全精神が、悉く浄化されていくのを感じるのである。

先に、私は灯台長の娘の千代子が好きだ……と書いた。三島は、『潮騒』に登場する脇役を実在感に満ちた筆致で魅力的に描いている。その中でも、新治に片思いした千代子の描写が胸に残るのである。

東京の大学生である燈台長の娘千代子は、新治を好きだが、自分を醜いと信じている女性だ。新治が愛する初江への嫉妬から、新治のライバルである安夫にいらぬ告げ口をして悪い噂をたてる元を作ってしまう。

東京に帰る日、新治から「美しいがな」と言われたことで幸福感一杯になる場面は、何度読んでも私の胸を熱くする。

「新治さん、あたし、そんなに醜い？」

「え？」

若者は測りかねた面持できさかえした。

「あたしの顔、そんなに醜い？」

千代子は暁闇《ぎょうあん》が自分の顔を護《まも》って、ほんの少しでも美しく見えることをねがった。しかし海の東のほうは、心なしかすでに白んでいた。

新治の返答は即座であった。彼は急いでいたので、おそすぎる返事が少女の心を傷つける事態から免かれた。

「なあに、美しいがな」と彼は片手を艫《とも》にかけ、片足ははや躍動して、舟に跳び移ろうとしながら云《い》った。「美しいがな！」

新治がお世辞を云えない男だということは誰しも知っている。ただ彼は急場の質問に、急場の適切な返事で答えたのである。舟がうごきだした。彼は遠ざかる舟から快活に手を振った。

そうして岸には幸福な少女が残った。

新治にとっては、さほどの重い意味を含んではいない「美しいがな」の言葉が、千代子を生き返らせたのだ。自分の嫉妬から、新治を不幸に堕としてしまったという罪意識で一杯になっていた千代子は、これ以後、償いをするために新治と初江の応援者になっていくのである。

千代子が「あの人が私を美しいと言った！」と繰り返し思っている時、そこにお伊勢まいりの舟が歌声とともにやって来る。印象に残るシーンだ。

海女の鮑《あわび》とり競争の場面では、初江が一番を取る。だが、父の照吉が新治の母にした行為に対し、謝らなければならないと思う初江は、賞品のハンドバッグを新治の母に渡すのである。

第十三章の終幕、爽やかな締め括り表現が顔を出している。

　母親の率直な心は、少女の謙譲をまっすぐにうけとった。少女は微笑した。息子の嫁えらびは賢明だった、と母親は思った。――島の政治はいつもこうして行われるのだ。

ここでも、新治が語った「島に残っとるまっすぐな善えもん」は健在である。

その「鮑とり競争」のすぐ前に描かれているのが、「乳競べ」のシーンだ。何度も読み返した『潮騒』だが、もっと若い頃に読んだ時は「乳競べ」をする場面が非常にナマに感じられて、ドギマギしてしまった私だが、歳を重ねた今読んでみると、おはる婆の際どい台詞も大笑いしてしまっているのだ。加えて、三島の乳房観の鋭さに感じ入ってしまう自分もいるのである。

新治は、初江の父照吉が船主である歌島丸に、船員の修行のため乗り組むことになる。これは、照吉が新治と安夫を自分の船に乗り込ませて、見どころがある男かどうか試したのだ——ということが、その後わかるのだが。

新治の乗った歌島丸が、那覇で颱風に遭う。次々にワイヤアが切れる中、「誰か泳いで行って命綱を浮標《ブイ》につないで来い」と船長が言う。新治は、「俺がやります」と申し出た。


新治は立上った。今まで身を屈していた自分を、若者は恥かしく思った。夜の暗黒の奥のほうから、風は襲いかかってその体にまともに当ったが、しっかと踏まえている動揺する甲板は、荒天の日の漁に慣れた彼にとっては、多少不機嫌をあらわにした大地でしかなかった。

彼は耳をすました。颱風はその雄々しい頭上にあった。自然の静かな午睡のかたわらにも、このような狂おしい宴会の席にも、彼は同じように招かれる資格があった。汗が雨合羽の内側をおびただしく濡《ぬ》らし、着ている背や胸を濡らしていたので、それを脱ぎすてた。すると白い丸首のシャツを着た跣足《はだし》の若者の姿が、嵐《あらし》の闇のなかに泛《うか》んだ。

新治は、議論上手な安夫に比べて、黙って膝を抱いて、にこやかに意見を聞いているタイプの若者だ。機関長から「あれは馬鹿にちがいない」とまで言われる若者だったのだ。だが人間、余裕のない緊迫した状況で時間を共にすれば、その人のすべてがわかってくるものだ。新治は、「今まで身を屈していた自分」からの脱出と飛躍を実行したのである。嵐の中で戦い、ことを成し遂げた新治は、船長から認められる男となったのである。

新治の手柄を、島の者たちが知るところとなる。夏休みが半分過ぎても帰省せぬ娘の千代子からの手紙で、灯台長夫人の母親は仲介の労をとり、初江の父を説得することになる。島の五人の女と一緒に初江の父照吉に会いに行く。ここで、千代子の恩返しが母親によって実行されていくのだ。

照吉の気持ちはすでに決まっていて、「新治は初江の婿になる男や」と言う。照吉の言葉――「男は気力や。気力があればええのや。この歌島の男はそれでなかいかん。家柄や財産は二の次や。そうやないか、奥さん。新治は気力を持っとるのや」――が、力強く胸を打つ。「まっすぐな善えもん」は、島の人すべての財産として存在しているのだと思える場面である。

こうして新治と初江は、島のみんなから認められる仲となったのだ。

今にして新治は思うのであった。あのような辛苦にもかかわらず、結局一つの道徳の中でかれらは自由であり、神々の加護は一度でもかれらの身を離れたためしはなかったことを。つまり闇に包まれているこの小さな島が、かれらの幸福を守り、かれらの恋を成就《じょうじゅ》させてくれたということを……。

突然、初江が新治のほうを向いて笑うと、袂《たもと》から小さな桃いろの貝殻を出して、彼に示した。

「これ、覚えとる？」

「覚えとる」

若者は美しい歯をあらわして微笑した。それから自分のシャツの胸のかくしから、小さな初江の写真を出して、許嫁に示した。

初江はそっと自分の写真に手をふれて、男に返した。

少女の目には矜《ほこ》りがうかんだ。自分の写真が新治を守ったと考えたのである。しかしそのとき若者は眉《まゆ》を聳《そび》やかした。彼はあの冒険を切り抜けたのが自分の力であることを知っていた。

最後の最後の場面である。神々の加護により恋が成就した新治と初江。まさに、歌島は神に守られた古代神話の島なのだ。古代神話のごとき恋をして結ばれる二人……だが、三島は最後にそれぞれの矜持を滑り込ませている。

初江は自分の写真が新治を守ったのだという信念を持ち、新治は自分の力で難関を突破したと確信している。これこそ、若さの勝利だと思わずにはいられない。

各人が己の力を信じ、お互いに溺れず、そして愛し合う……これからの夫婦としての道は盤石だと思えるラストシーンである。

笙野頼子という作家

――「新人賞三冠王」の世界

一　三重県人　笙野頼子

確かに、笙野頼子は一筋縄ではいかない小説家だ。〈SF的幻想文学作家〉あるいは〈ニューウェイブ私小説作家〉とか〈生死が同時に存在する土着的・呪術的神話世界を描く作家〉にして、つまり〈前衛的過ぎて難解でわからない小説を書く人〉などなど……小説家笙野頼子を評する言葉は尽きることがない。

笙野頼子は、昭和三十一（一九五六）年、三月十六日、三重県四日市市に生まれている。その後伊勢市に移り、そこで青春と呼ばれる月日を送った人だ。

伊勢市立修道小学校、伊勢市立五十鈴中学校、三重県立伊勢高等学校を卒業。二浪した後、立命館大学法学部に入学する。学んだのは文学ではなく、主に民法だったようだ。法学部なら、当然の話である。

大学在学中より小説を書き始めた筐野は、大学卒業後も、親には「他大学を受験する」という口実で予備校に通いながら執筆を続けていたという。まさに、物書きの申し子のような人だ。

現在、私の周囲の文学愛好家で、筐野の作品を読み続けているという人は殆どいない。筐野頼子という小説家のことをよく知らない人も増えている。それは、非常に残念なことだと日頃感じているので、筐野の小説家人生のあらましを書いてみることにする。

小説家デビューを果たしたのは、昭和五十六（一九八一）年、地獄絵図に固執する絵師の妄執と暗い情念を描いた『極楽』で第二十四回群像新人文学賞を受賞した後である。

だがこの作品は、藤枝静男や川村二郎、木下順二からは選評上で賛辞を受けているのだが、一方では田久保英夫から、この作品は「小説の文章とは思えない」と評された作品だ。まさに、毀誉褒貶の激しい門出だったのである。

その後も筐野は、ひたすら両親からの仕送りを頼りに、他の仕事にはつかず小説を書き続けている。十年ほどは、いくつかの幻想文学的短編が「群像」にかろうじて掲載されていたが、ほかは担当編集者からのボツを受け続け、その後世間の批評からも遠ざかってしまった作家だった。当然のことだが、収入はほとんど無い状態で、引きこもりのような生活を送りながら作品を執筆し続けたのである。

平成三（一九九一）年、笙野自身の境遇を彷彿させる女性を主人公に置き、その女性のモノローグというかたちで、他者や社会との断絶された関係を描き出した『なにもしてない』で第十三回野間文芸新人賞を受賞した。

続いて平成六（一九九四）年、マジック・リアリズムと評される手法を用いて、「先祖や身内や郷里との、無関係をも含む関係を、反リアリズムで表現」し、「大地と共同体に挑んだ」『二百回忌』で第七回三島由紀夫賞を受賞するのである。この作品は、平成五年に芥川賞候補にもなった作品だ。

その後、海芝浦駅への紀行文のごとき体裁をとりながら、自由自在に時間軸を行ったり来たりする語り口で描く『タイムスリップ・コンビナート』で第百十一回芥川賞を受賞する。ついに、笙野は芥川賞作家となったのだ。そこで一気に注目を集める作家となったのだが、生活が激変し疲労が重なり耳鳴りに悩まされる事態にも陥った。決して、肉体的に強い人ではないのである。

だがここに至って、笙野は純文学の新人賞として有名な「芥川賞」「三島賞」「野間文芸賞」三つの賞を受賞した作家ということになったのだ。このことから、笙野は「新人賞三冠王」と称されることになったのである。三重県出身者に、こんな連続受賞作家がいることを、私の周囲の人はあまり知らないでいるようだ。

平成八（一九九六）年には、それらの受賞作と同時進行的に書かれた『硝子生命論』『レストレス・ドリーム』『増殖商店街』という作品を次々に書いている。

笙野はその後、八〇年代から綴りつづけてきた己の作風を、次第に批評的に位置づけていくことになるのだが、実母の病という現実の中で、「母と娘の間の愛憎のねじれと切なさ」を、笙野独特の言語のアクロバットによって描いた『母の発達』が、第六回紫式部文学賞候補に上るのである。

平成十（一九九八）年には、東京という大都会暮らしで女性らしくなく独居する女性が妖怪化し、さまざまな都市の妖怪と出会うという、摩訶不思議な風刺的作品『東京妖怪浮遊』で女流文学賞候補となっている。

しかし、「紫式部賞」「女流文学賞」はすべて女性作家のみを対象にした賞であることから、「自分が取れば『女は得だ』と言われると思った」という理由で、いずれの賞も辞退しているというのが、笙野らしいと思わずにはいられない。

その後、それまで澄み切った明るい硬さを漂よわせていた笙野の文体は、徐々に色を薄くしてゆき、くだけた口語や俗語、卑語などを交えた難解不可解かつ饒舌な文体へと転換していくのである。このあたりから、笙野を取り巻く読者層の傾向は変わっていったと思うのである。

戯画的なものを作品化した、タイトルからしてオッタマゲテしまう『てんたまおや知らズどっぺるげんげる』を描いた頃から、批評的で戦闘的な作風に変化していった笙野は、狂騒的な語り口で書き上げた『幽界森娘異聞』で第二十九回泉鏡花文学賞を受賞する。もうこうなると、異世界描写の独壇場という印象が私の中で強くなっていくのである。

平成十六（二〇〇四）年には、『水晶内制度』で第三回センス・オブ・ジェンダー賞を受賞。平成十七（二〇〇五）年、――生まれてすぐに一度死んだ女の子に金毘羅が宿り、女流作家になった――という超奇抜な設定のもとに書かれた『金毘羅』で第十六回伊藤整文学賞を受賞する。

笙野には、『金毘羅』『萌神分魂譜』『海底八幡宮』というタイトルの三部作がある。その中で、「おんたこ」「論畜」「ロリリベ（ロリコン・リベラリズム）」などという、今まで聞いたこともないユーモラスな用語を自ら生みだしていくのである。それを自分の中に定着させようとしたことがあったが、未だにその言葉群を高く見上げ続けている。

まるで現在の日本を予見していたような、原発国家の独裁政治に対して痛烈な皮肉を直球でぶつけている三部作もある。『だいにっほん、おんたこめいわく史』『だいにっほん、ろんちくおげれつ記』『だいにっほん、ろりりべしんでけ録』が、それである。これだからこそ、笙野は怖ろしい作家だ――と思わずにはいられない。

また、愛猫の死を越えていくまでの記録『おはよう、水晶――おやすみ、水晶』など――タイトルだけでも、充分お腹が膨れそうなムードを漂わせているのが笙野作品群だ。

平成二十五（二〇一三）年、「すばる」「文藝」二つの雑誌に、連作『小説神変理層夢経』の執筆を始めた頃、笙野自身がこれまで三十年以上、膠原病（混合性結合組織病）に罹患していたことが発覚する。今も、継続的な治療を受けているのだろうか。

その闘病記である『未闘病記――膠原病、『混合性結合組織病』の』で第六十七回野間文芸賞を受賞した。また、猫神の独白体で語り始める『さあ、文学で戦争を止めよう　猫キッチン荒神』など、その作品群は真っ直線に「世界」と格闘してゆくのである。

二　笙野頼子の純文学論争事件――売れない純文学

笙野の小説家人生における大きな出来事に、純文学論争事件がある。平成十年の『文學界』十月号に、「サルにも判るか芥川賞」と題する笙野の文章が掲載された。同年『群像』七月号掲載の「三重県人が怒るとき」というエッセイがあるのだが、これはその続編だろう。

発端は、平成十年初めの芥川賞が「該当作なし」という結果になったことだった。『文藝春秋』三月号で、林真理子、出久根達郎、浅田次郎（三人は言わずと知れた直木賞作家である）の鼎談の中で、芥川賞批判が展開されたのだ。

一読すると、反論など必要のない中身だと感じるのだが、笙野は非常に激しく反応したのである。「なんだこりゃの作品」「文体も何もない」「物語がない」などという発言を、笙野頼子という作家への直接発言と解釈したのである。「一般の読者には難解な作風で、商業的に売れない作品である」という言葉は、まさに自分に対する否定的評価と受取れたからだ。

その他にも、笙野は、『多重人格探偵サイコ』などのヒット漫画の原作者である大塚英志に抗議文を書いている。大塚は、「売れない純文学は商品として劣る」と主張したのだ。それに対して、笙野が鋭く抗議した。〈大塚の見解は、文学に商品価値のみを認める見解であり芸術としての文学に害を及ぼすものだ〉と批判したのである。また、それへの反論として大塚は、『不良債権としての「文学」』の中で――漫画雑誌の売り上げによって、売れない文芸誌の採算の悪さが補われているのだ――と主張したのだ。

笙野は、その売れない純文学を徹底的に擁護する立場をとった。これでは、どこまでいっても結論は出ないだろう。その後も、二人はお互いを批判しあい、「笙野が自分の異を唱える者を小説中に登場させて罵倒するようになった」と言い出す者も出てきた。笙野を「大塚に滅ぼされた作家」と評する者もいたくらいである。まさに、泥沼と化した論争である。

笙野における「純文学」とは〈難解ゆえに売れない作品ではあるが、その存在は許容され評価される小説〉ということだろう。

日本文学史においては、過去においても純文学論争はあった。だが今や、純文学と大衆文学という対立的な図式はもはや存在しないと断言してもいいだろうと、私は思っている。明らかにエンターテインメント出身である花村萬月が『ゲルマニウムの夜』で芥川賞を受賞し、純文学の鬼といわれた車谷長吉が『赤目四十八瀧心中未遂』で直木賞を受賞している文学状況を考えると、「純文学」と「大衆文学」のどちらが上か、価値があるか……などと論じること自体、もう何の意味もなさないだろうと思えてくるのだが。

三　笙野頼子のデビュー作&「三冠小説」を読む

1　『極楽』を読む

昭和五十六（一九八一）年に群像新人文学賞を受賞したこの小説は、先にも書いたように笙野頼子という物書きを、小説家デビューさせた作品である。

主人公檜皮《ひわだ》は、商売人である兄青磁《せいじ》に陶工として商品を納めて生活していたが、その一方で「地獄絵」を描き続けている。以前は「残酷絵」を描いていたことがある男だ。一枚の究極の地獄絵のために四千七百五十九枚のデッサンを重ねる無気味な手法を持つ男――。行き着いたところは、何も描かれていないように見える得体のしれない一枚の画布に過ぎないものだった。

物語の前半では、檜皮とその兄青磁、父親、母親、檜皮の妻（妻がいるのだ！）綾子、檜皮の娘羅美《らみ》、青磁の妻式子という人間たちの相関図と生活が描かれる。このあたりを読んでいると、青磁のしたたかな、いや商売人としては当然至極な姿や、檜皮と妻の風変わりな生活模様に、共感を覚える読者もいるだろうな……と感じる。だが、後半（物語の三分の二といってもいいだろう）に描かれるのは、檜皮の内なる声である。「嫌悪」「憎悪」「恐れ」「呪い」「憤怒」「悲哀」「恨み」「悪意」などの、いわゆる陰の言葉が散りばめられていくのである。

このあたりから、読者は一種異様なモノを感じて、身構えるだろう。日常、陽の言葉に導かれて、その作品には必ず何かの導きがあるはず……などと思いながら読む習性のある読書家にとっては、その身構え方は尋常ではなくなってくるのである。

『極楽』は、笙野が『二百回忌』で三島賞、『タイムスリップ・コンビナート』で芥川賞という、ビッグな賞を連続して受賞するという物凄い記録を残した三十八歳の年の、なんと十数年前の二十五歳の折、群像新人文学賞を受賞した作品なのである。

その折の選考委員の選評を読むと、実に複雑な気持ちになる。推した委員ですら、「気違いじみた熱気」と評する問題作だったことがわかる。否定的意見の委員からは、「ほとんど小説の文章とは思えない」「幼稚な錯誤的習作」などと評されているが、一方でその評に納得してしまうのも事実だ。

つまり、読みながら非常に戸惑ってしまったというのが、正直な本音なのである。笙野文学に触れた全ての読者がこう感じる！　とは断言できないが、私などは『極楽』を最初に読んだ直後、沈黙の鬱屈状態に陥ったものだが、何度か読み返すうちに、徐々に笙野の言っていることが理解できるようになった（これも勝手な誤解なのかも知れないが）――とは感じているのだ。

いわゆる純観念的描写の小説といったものを、普段あまり読まないせいで理解力がないのだと自分を反省したこともあったが、今ではその超絶技巧とも思える文体に、なにやら共感すら覚えることもある。どうやら、笙野の世界に取り込まれた住人の一人になってしまったのかも知れない。
最初の部分に兄青磁のこんな描写がある。父親の死後、遺産分割した折の跡取り息子としての心情を書いている部分である。

分割の際残った動産の中から檜皮にある程度のまとまったもの（といっても主な財産はやはり家と土地だったのである）を渡してしまったのは青磁にとっては随分思い切った、気前のいい処置だったと言えた。しかし檜皮がそれに満足し、店にも土地にもなんの執着も示さなかったことで、彼の心の奥底にある思いがけず気弱な部分に、店を背負ってゆくことを負担に感じ、檜皮をうらやむ幼児的な気持ちを残してしまった。しかも、自分は一生この店に拘束されるのだというしてやられたような感情のしこりまで宿すようになった。

（以下『極楽・大祭・皇帝』笙野頼子初期作品集　講談社文芸文庫）

跡取りとなる長男と、跡を継がない次男の、立場や態度や心理を描いて、現実感がありすぎるほどの描写である。笙野の作品には、異常なほどに観念的な描写が満載されているのだが、その中にこんな臨場感たっぷりの相続後の跡取りの心理が挿入されると、物語全体に説得力が増してきて、いつの間にか本気で物語を追っている自分に気づくのである。この、随所に描かれる〈あるある感〉こそが、笙野と読者を繋ぐ太い糸となっているのだと思う。

〈いつか現れる、俺の絵を感じ取れる人間のために描いているのだ。やつらは俺の絵から立ち昇る激しい〝憎悪〟とその造り出す〝地獄〟に怯えるだろう。そうして人の心に恐れを抱きながら、怯えた一生を暮らす事になるだろう。俺はただそれが嬉しくて〝地獄絵〟を描くのだ。俺の絵は糾弾するために存在する、歌うために描かれたのではない。〉

〝声〟は暫くの間何も言わなかった。その沈黙を意気消沈したものと看做《みな》して檜皮は勝ったのだと思い込もうとした。しかし彼の心はあるいやな予感に満たされ、いっそう不安になってゆくばかりだった。

物語終盤近く、地獄絵を描き続けていくうちに、「或るいやな晩」(こんな言い方も他の作家の作品ではあまり見ない言葉だ)、白く新しい画布を眺めるようになった檜皮の前に現れた、原色黄色の円形のものと対峙することになる。円形は「誰だ」と問う檜皮に対し、

「俺」「お前」だと言いながら、地獄絵は何のために描くのだ——と問い詰める。

もしかしたら、己の内部から来る声ではないか……と思う檜皮。「途方もなく恐ろしい地獄絵を隠し続けて住んできた彼のボロ家」の前で立ち止まる檜皮。夢か幻か不明なまま、物語は終わろうとしている。

肉体を有する人物を記号化して描いていく笙野の技法は、一般読者にはとんでもなく遠いものかも知れない。「嫌なやつ、嫌な本、嫌な言葉を糧にし、自分の足場を崩すなり確かめるなり」していくのだという、この作品の笙野の受賞の折の言葉は、笙野ワールドに乗り遅れそうになる読者へのヒントになるだろう。

この『極楽』後の笙野作品を何冊かでも読んだことのある人なら、『極楽』におけるある硬質感に気づくだろう。それが、主人公の檜皮の性質からもたらされる感覚なのか、いわゆるデビュー作品であるがゆえの硬さなのか、それはわからない。『母の縮小』『母の発達』『母の大回転音頭』の三部作を読んだ目には、そもそも活字の硬さそのものが異なるような気がするのは、私だけだろうか。

だが、またまた読み進めていくうちに、「自我の覚醒と同時に憎悪を持ってい」るのは、檜皮ばかりではないと気付いてくる。

「ぼくは極楽から現世に落ちた人間です」という、檜皮が近所の人々に吐くセリフは、読後かなりの期間、私の頭にこびりついて離れなかった。これは、私の読書史上、太宰治『人間失格』の、「恥の多い生涯を送って来ました」「神様みたいないい子でした」と同じくらいの比重で沈殿しそうなセリフとなった。

笙野のデビュー作『極楽』は、書き手の笙野自身が無名孤高の画家である檜皮という男に乗り移り、小説家としての自分の創作の原点となるものを、真剣に足掻きながら描いている作品だということは確かであろう。

2 『なにもしてない』を読む

二十五歳で群像新人文学賞を受賞した『極楽』によって、小説家デビューして以来十年間、周囲の無理解と作家としての不遇に苛まれてきた笙野だったが、平成三（一九九一）年、『なにもしてない』で野間文芸新人賞を受賞した。その後、笙野は九〇年代の大ブレイク期間を迎えることになる。樋口一葉的に位置づけるならば、「奇蹟の九〇年代」であろうか。

天皇即位式の頃、八王子のオートロックのワンルームマンションで暮らす「私」は接触性湿疹が原因で引きこもり生活を送っている。彼女は三重県伊勢市の両親から仕送りを受けながら、売れるあてのない小説を書き続けているのだ。世間から見れば、自分がナニモシテナイ存在であることに、彼女は脅えている。
郷里伊勢に帰省した折、伊勢神宮での即位の儀のため伊勢に向かう皇族と同じ列車に乗った。その後東京へ戻る折には、新幹線からプラモデルのような富士山が見えた。帰宅してみると、住んでいるマンションが学生専用となるため引越ししなければならなくなる——というのが、だいたいの話のスジだ。

破傷風でもなければ凍傷でもない。ただの接触性湿疹をこじらせた挙句、部屋から出られなくなり妖精を見た。天皇即位式の前後だった。私の部屋は、八王子の旧バイパスに面している。

（以下『笙野頼子三冠小説集』河出文庫）

いきなり「妖精を見」る場面から始まっている。「妖精」という文字を見ただけで、あこれは、そんじょそこらの小説ではないな……と感じる。
時は、記憶にも新しい、昭和から平成に移り変わる、あの天皇即位式の頃の話だ。世間で言う「引きこもり生活」に近い生活をしている主人公の私は、両方の手首が「ゾンビのようになって」部屋の外へ出ることができないでいる。その接触性湿疹という病名が、天皇即位式という現実の中で、いやに実感を伴って迫ってくるのである。

子育て真っ最中の若い頃、私自身が同じ病気に襲われている。俳句を真面目にやっていた頃なので、毎月名古屋まで出かけていたのだが、会員の中に皮膚科の女性ドクターがいて、俳句会のたびに手を見せていたのを思い出す。かなり痛くて、厄介な皮膚病だった。今でも、洗剤を直接使うのは恐い。

主人公の「私」は、自分の全エネルギーが「閉じ籠もりを完遂する事にのみ消費さ」れた思春期を送った人間として語り始められる。

子供の頃から続いていた外界との軋轢は今では真っ白な厚い壁と化した。閉じ籠もりは常態になり私はそれに慣れた。曲がりなりに持っていた社会性までも退化させた今、深海の底魚のような感覚になった。同窓会は私の存在などもう忘れている筈だ。無論私自身がそう仕向けて、漸く安心したという次第なのだが。

同窓会からも忘れられ、それで安心する自分という存在とは……忘れられてはいないが、同窓会などとはまったく無縁の地に住む私にとっては、なんだか身につまされる一文である。同窓会開催から始まる小説やミステリーを読むと、なぜか空しくなるのはその所為かも知れない。ナニカヲシテイルと思いこんでいる人間にとっても、故郷というヤツは厄介な存在なのである。

ナニモシテナイと決め付けられる私がなぜだか自分では気に入らないのだった。十年間ずっと私自身はナニカヲシテキタつもりでいたのだった。だがしてきたはずの何かは自分の部屋の外に出た途端にナニモシテナイに摩り替わってしまった。

この小説の構成は、現実に進行している出来事、伊勢の親との関係、夢や幻想にのめり込んでゆく内面の吐露……と、縦横無尽に描かれていくのであるが、「ドッペルゲンガー」や「肋骨の中から聞こえてくる男性の声」を除いては、大いなるシンパシーを感じてしまった。

もうそれが、想像なのか夢語りなのか判然としないまま、話の筋に付いていくのだが、私にとっては十年前の作品である『極楽』とは異なる、陽の部分も感じられた作品でもあったのだ。

皮膚病の描写は、同じ病気に襲われた私には感服としか言いようの無い完全無欠の描写であった。命には別条なしの接触性湿疹をここまで微に入り細に入り描き続ける執念じみたものも感じてしまうほどに。

皇族の話や、テレビの話、伊勢弁で語りあう母親との壮烈な交流などが綴られていくのも、大いに身を入れて読んでしまったが、その中でも私が最も惹かれたのは、ものを書く人としての笙野の外界の反応への疑問反論の部分だった。

自分の書くものをどうして私小説などと呼ぶのだ……どうして私を一通りに論じるのか……評論家が作品を読み飛ばした挙句に、作者笙野は心を病んでいると診断したりする……私は人権を売った覚えはない……喰えないなら止めてやる……十年間ナニモシテナイ自分に後ろめたさを感じながら、オノレを包囲しているモノの悪辣な反応への激烈な怒り——その挙句に、主人公は妖精を見るのである。オノレの「湿疹が光りの固まりになって飛び回るのを見」るのだ。

冒頭の「妖精」は、こうして主人公「私」の前に出現したのである。「妖精」とは、我々が考えるような羽根をつけたカワイ子ちゃんではないのである。

自分の年齢を語る時に、三島由紀夫が死んだ時、何歳だったか……というのは、ある年代の人々にとっては案外常識的自己紹介になってしまっているかも知れない。主人公の「私」は、その時中学生だった。

この作品の中には様々な論が展開されているのだが、中でも目を引かれたのは三島由紀夫論である。文学全集の中に入っていたから、死んだ人だと思いこんでいた——という話から、記憶に残る一つの小説を論じ始める。「天勝よ。僕、天よ」という台詞から、その作品が『仮面の告白』だとわかる。

「永いあいだ、私は自分が生れたときの光景を見たことがあると言い張っていた。」という言葉で始まる、三島二十四歳のあの作品である。

私自身の思い出の中では、「私は王女たちを愛さなかった。王子だけを愛した。」という部分が大きくクローズアップされていった小説だったのであるが、笙野は手品師をまねる少年が飾る万年筆というアイテムに対して吐き気がする——と書くのである。この感覚、この論理。不思議に感動するものがあった。

それにしても、やはり伊勢弁が付いて回る。名古屋駅、桑名、白子、津……と三重県人にはお馴染みの駅名が続いたあとに辿り着くのは親の住む地だ。

そこで展開される母親との会話は、ちゃぶ台がえしと称される『母の発達』シリーズへと、真っ直ぐに繋がっていく気がするのである。

3 『二百回忌』を読む

平成六（一九九四）年、第七回三島由紀夫賞を受賞している作品である。

いやらしい柵《しがらみ》に満ち満ちた地、一個の人間の個性も人格もグチャグチャに溶かし込んでいってしまう郷里という怪物——その存在との確執を食い破るため、主人公は郷里へ行くのだ。死んだ者まで蘇って現《うつつ》世界に出現してくるという、魔訶不思議かつ奇天烈な二百回忌の法事を描いている小説だ。私にとっては今までお目にかかったことのない類の作品である。

カニデシという村に伝わる、死者が蘇るという二百回忌の儀式。参加者は赤い喪服を着て、出鱈目の限りを尽くさなければならない……というところから、すでに読者の頭の中はいつもの正常さを失っている。家を叩き壊したり、男女の差別をひっくり返したりするのだから。なんというアバンギャルド！　これこそ、笙野ワールドの基本形なのだろう。ここでしっかり踏ん張って読み進める必要があるのである。

私の父方の家では二百回忌の時、死んだ身内もゆかりの人々も皆蘇ってきて、法事に出る。それがどうも他の家と違うところらしいが、よその家でも皆そうなのだと、子供の頃はずっと思い込んでいた。法事の間だけ時間が二百年分混じり合ってしまい、死者と生者の境がなくなるのだ。

「金の太陽に烏を黒く抜いた紋の入った、真っ赤な封筒」で二百回忌開催の知らせが届くのだが、ここに至って瞬時に、私の頭の中には三本足の八咫烏が出現していた。日本神話に出てくる導きの神である八咫烏の像を、熊野本宮大社で見た折の思い出が蘇ってきたのである。

笙野は意識的に作品の中に三重県的なモノを埋め込もうとしているのか、それとも生まれ育った地の因習や習慣や感覚が、自然と書く作品の中に滲み出てくるのか……笙野という作家なら、きっと前者であるとは思うのだが、それにしても、キワモノ的に因習批判をしているようにも思えるこの小説の舞台に、故郷三重を置いた根底にあるものは、いったいどんな形のものなんだろう。その後、伊勢弁の洪水に晒される読者にとっては、非常に気になるプロローグである。

初っ端から「法事の間だけ時間が二百年分混じり合ってしま」う——という概念を提出されて、まったく実感が湧かないまま読み進めていくうちに、「蘇る」「混じってくる」という感覚を、徐々に受け止めている自分を発見して驚き……そしてまた、先を読む。これも笙野作品の不思議な魅力であろう。

本当なら、親を棄て故郷を捨てた身には、「家」ほど鬱陶しいものはないはずだ。それなのに、主人公は「二百回忌に誤魔化されたという感じ」で、故郷においておこなわれる法事に行くのだ。お供えのためにに、定期を解約してまで。

だがこれも、日頃故郷離れた都会に住む人間が、それまで足も向けなかった田舎の法事に赴く折の、心理やタイミングを鋭く突いているな……と思えてくるのである。

ただ、その法事の中身が仰天モノなのだ。命がけで出鱈目をしなければならぬ法事――それも、御蔭参りのようにめでたく執行しなければならないらしい。御蔭参り――伊勢神宮の鎮座する三重県ではお馴染みの言語である。

そんな言葉に土着的な安心感を抱いて小説の進行に付いていくと、とんでもない展開が待っていた。二百回忌とは、尋常ならぬ異次元でのイベントだったのである。そして、話の端々に「親は私を育てたつもりで、単なる理想を育てていたのだ」というような、非常にまともで深刻な親子分析まで挿入してくるのである。読者は単純に、キワモノ小説みたい……などと、ほざいていられなくなってくるのだ。

主人公が住んでいるのは、東京の都立家政駅が最寄り駅である土地だ。三重に向かう途中から、すでに時間は捻じれてしまっていて、高田馬場駅あたりでJRから国鉄に戻っているのである。まだ古びていない非常に新しい新幹線！　に乗って名古屋へ。そこから近鉄線で松阪まで。

松阪駅から乗り換えるとしたら、参宮線、JR名松線、近鉄山田線とかだろう。『二百回忌』では、「松蟹線（蟹張―松阪）」に乗り換えて県境の山奥まで行くのである。明らかに作者は「名松線」を頭に描いている。「ナラとミエの県境のカニデシという駅」まで行くのだが、「蟹田司」「蟹田下」「蟹田内」「蟹天然」（カニデンネンと読む）などの駅名を考えている作者笙野頼子の生き生きした表情が見えるような気がしてくる駅名である。

カニデシ駅には、今回の二百回忌を褒め讃える「扇動ばあさん」がいる。ここでも、韓国や中国などで見られる「泣き女」を思い出してしまった。当の遺族よりも大きな声で泣き叫ぶ「泣き女」という職業から、笙野は「扇動ばあさん」なる存在を思いついたのだろう……と、勝手に想像している。

ばあさんたちの吐く「けなるい」という方言は、私にとっては、最初義父方の叔母から聞いた折、どうしても受け入れられない感じがした方言だった。まさか「羨ましい」と変換される言語だとはどうしても思えなかったからだ。それが、「大きなええ孫ばっかりやてまあ、けなるいこと」と言うばあさんの台詞のあとに「けなるい、とは羨ましいという意味の方言である」と、わざわざ笙野が記してあるので、ニヤリとしてしまった。

一般に「伊勢弁」といっても、三重県は縦に非常に長い県なので、地域によってまるで違ったりする。よそから来た者にとっては、かなり難易度の高い方言なのである。

そんなことを勝手に思い浮べているうちに、すでに二百回忌の会場に着いていた。

そこには、三重弁、伊勢弁というのか、いわゆるこの地の言葉の洪水が拡がっていた。

おまけに、ヨミガエリの死者と生者が入り混じって、存在らしきものが濃くなったり薄くなったりするのである。僧侶まで、死んだのと生きているのとが混在しているのだ。

とにかく出鱈目尽くしの行動と台詞の連続を、真剣に「御蔭参り」のようにめでたく執行してゆくのである。

——さあ、さあみなさん、もう、うちはええ加減な、アホな家で、さて、家は八方に建て増しをして、まるで短足の蛸のようですし、墓も好きなようにこうしまして、たいがい、滅茶苦茶しました。まあ、どうでもええけど。

若当主が写真を撒きながら発する台詞だ。墓まで行くうちに時間が変になるので、参列者に写真を見せるのである。それは、噴水が出ていたり、水車が掛かっていたりする滅茶苦茶なお墓たちなのだった。「魚安」という名の料理屋が「魚毒」という名に変わっていたりもするのだ。

私の貧しい想像力など吹っ飛ばして、話は進んでゆく。

——ヤヨイちゃん東京で貧乏してるのやて聞いていたわ。

土地の言葉ではなく、殆ど京都弁だ。どす黒い顔に異様に優しい微笑みが浮かぶが、優しさは見えずただ落ち込んでいるだけの人に見える。それに私はヤヨイという名前ではない。

——はじめまして、私、ヤヨイではなくて、センボンですけど。

その時、喋ろうとしてももう土地の言葉が出て来なくなっている自分に気付いたのだった。すると相手はまた異様な優しさを一層激しく出して、殆ど悲しげな声になって問いかけてきた。

——いかんなあ、言葉がきつなってしもうて、女の人がそれではいかん事やなあ。ヤヨイ、きみボクと結婚して半日で逃げ帰ったやろ。杯が済まん内に出て行ってしもたんや。忘れたんか。

きつい言葉といわれる東京弁を使う女と、怪しい京都弁を使う男。ここで読者は主人公の名が「センボン」だと知るのだ。本当に結婚したことがあり逃げた過去があるのか、それとも逃げた女房に酷似した女だったから声を掛けたのか……不明なまま、その場から逃げるセンボン。

盆の間、正月の間、葬式の間、回忌の間という大広間を歩いているうちに、センボンは最も会いたかった祖母に会う。だが、祖母は完全にこの孫を忘れていた。死んでいるはずの祖母が、ここへ来るのに名古屋からタクシーに乗ったという。その祖母と孫の会話である。腰が痛くなるから、電車で来たらよかったのにと言うセンボン。

——だって電車の中は下品な人が多いで、それに私、みんなに愛嬌振りまいて疲れるから。

——振りまかなんだらええのや。

とさらに乱暴に言った。すると祖母は、いきなり我に返ったという動作や表情をした。私は絶望した。なぜなら、それは赤の他人の前で話題を変える時の態度だったから。

——あっ、あんた誰や。あ、あんたか、いやいや違うわ。あんたさんはまあええ制服やこと。私、知ってるわ。あんたとこの学校はサッカーが強いのやてねえ。

まったくデータのない人に向かって、出身校の運動部を褒める——なるほど、あるある人間傾向である。唯一真面目に会いたい相手だと思っていた祖母は、全くの赤の他人として会話してくる。期待は完璧に粉々にされてしまった。

この小説の中には、法事となると「リンゴばかり剥いてござった」シネコさんという女性も登場する。確かに、何かの寄り合いや法事があると、そこにはリンゴばっかり剥いている人がいたりする気がしてくる。何か集まりがあると、必ず散らし寿司を作る人、必ず唐揚げを作る人、豚汁を作る人……そんな人は確かにいる。

だが、私がここで頭に浮かべたのは、小津安二郎監督の映画「晩春」のラストシーンだった。一人娘が嫁いだ夜、誰もいない独りの家で、笠智衆演ずるやもめ老人がリンゴを剥くのである。リンゴを剥くという行為が、孤独の極致に非常に似つかわしくて感動の涙を流すシーンだった。

笙野は、この映画のシーンなど意識もせずに、シネコさんにリンゴを剥かせているのだろう。「晩春」のやもめ老人とは異なり、シネコさんは人にリンゴを食べさせる権化のごとき存在で、かなり辛辣な言葉で「いかず後家」のセンボンを詰ったりもする人なのである。

だが、私にとっては、リンゴをひたすら剥く人は特別な事情を抱えた存在に思えてくるのだ。リンゴというツールの神秘さ、奥深さのようなものを感じてしまう傾向のある私は、変な人なのだろうか。

この地の住民になって久しいゆえ、立派な三重県人になれたと思っている私だが、三重県から離れて住んだことのない人の伊勢言葉を聞くと、途端に私の中の三重県人としてのプライドと自信は吹っ飛んでしまうのである。

笙野の『二百回忌』は、伊勢言葉の氾濫といっても言い過ぎではないのだ。「剥いたら剥いただけ食べるわさ」「えらいきやすうして、えらい頭が痛いわ。なんで偉そうにいうたのやろ。それで、どこの先生ですかあんたさんは」……それら伊勢言葉のイントネーションを、はっきり音化できるようになっている私は、やはり三重県人の端くれと言えるだろうか。

その後も二百回忌は「めでたいフェミニスト」の出現や、「烏経」で躍り狂いまくる場面や、家が蒲鉾でできていることに気づいたり……などを経て、めでたく進行していくのである。

物語の最終場面——


雷の音が一層激しくなった。天から飛んで来たしずくが頬を叩いた。叔父の火花を溶け込ませた雨はまた地面にしみ込む。次の二百回忌にも、叔父は地面から生じ、空へ上るはずだ。

他の死者たちもぽつぽつと空へ上り始めた。雨の中に土の匂いが濃くなっていった。これからしばらくの間は、大雨のたびに、カニデシでは雨のスクリーンの中に人の影がすっと、通り過ぎたりするのかもしれなかった。

中野に帰ると当日の五時であった。預けていったはずの猫が部屋に戻っていて、さすがにその時にはどきりとした。自室にまで二百回忌が及ぶのは危険だと思えた。

読後、我が身にも二百回忌が及んでいるのではないか……と、周囲を見渡してしまった。小説世界が、薬のように、死には至らぬ毒のように、じわじわと己に染み入ってくるのを感じさせるのだった。

『二百回忌』を発表した後、伊勢神宮の鎮座まします伊勢という地が故郷である笙野の仕事は、故郷を好きか嫌いかなどという概念とはまったく無縁に、『太陽の巫女』『金毘羅』に見られる異端神話を構築する仕事へと向かっていくのである。

4　『タイムスリップ・コンビナート』を読む

第百十一回芥川賞受賞作品だ。

もしかしたら、笙野作品の中で、私が一番好きかも知れないなあと思える作品なのである。

去年の夏頃の話である。マグロと恋愛する夢を見て悩んでいたある日、当のマグロともスーパージェッターとも判らんやつから、いきなり、電話が掛かって来て、ともかくどこかへ出掛けろとしつこく言い、結局海芝浦という駅に行かされる羽目になった。

引きこもりのような生活をする小説家「私＝沢野」に、得体の知れない相手から電話がかかってくる。「海芝浦」という駅へ出かけて写真を撮ってこいという、指令とも仕事ともいえない要求だった。

この指令する者と沢野のやりとりだけでも、充分満腹になるのであるが、相手が誰なのか判らぬまま、電話での会話は続いてゆく。第一、海芝浦駅とはどんな駅なのか、沢野は全く知らないのだ。

――そこはＪＲ鶴見線の終着駅で長いホームの一方が海に面している。もう一方に出口は一応あるものの、それは東芝の工場の通用口を兼ねたもので、社員以外の人間は立ち入り禁止である。

海芝浦駅は、鶴見と京浜工業地帯を結ぶ鶴見線の終着駅だ。ホームに立つと、一方は東京湾、もう一方は東芝の工場という駅なのである。知っている人は観光気分で出掛ける駅なのだが、知らない人は不思議な空想世界の駅みたいだな……と思ってしまう駅なのだ。もちろん、日々東芝に出勤する人々にとっては、当たり前の駅でしかないかも知れないが。だが、この駅を舞台に小説を構想した笙野のセンスは冴えている！　と応援したくなるほどの駅である。

その頃、マグロと恋愛する夢を見ていた私＝沢野は（いきなり、もうそれだけで、ああ！笙野の不思議時空に、のっけから引き摺り込まれたな……という気分になってくる）、マグロの声らしき「イラッシャイヨ」という声を聴いたように思って海芝浦駅へ出かけてみることにした。

この「イラッシャイヨ」の声は、この小説の中に時々聞こえてくるのだが、結局、誰の、何の声なのか最後まで不明なままである。

自分が住んでいる都立家政駅から海芝浦まで電車に乗って行くのだが、そのコースの東京に対する歪んだ地理感覚は、大都会の中で常にうろたえている田舎者の中に生きる、幻想の「東京」を表現しているようだ。

片や、マグロという読者にとっては意味不明な存在は、作者笙野に言わせると、「当時はわけの判らない恋愛めいた感じ」だったのだが、後には「近代が覆い隠してしまった宗教的感情のひとつのあらわれ」という位置づけだと、「あとがき」で書いているような存在らしい。私自身は、その「宗教的感情」という部分で大いに納得した気分になっているのであるが。

嘘か誠か、夢か現実か……などという概念は捨ててしまおう。マグロとの恋愛を考える非現実的女は、「私は三重県人です」と、自分の産土を会話に出しそうになる人でもあるのだ。四日市のコンビナート、近鉄デパート、都ホテル……と、固有名詞in四日市満載で出現してくる。それらが笙野の創り出した不思議空間に漂っていて、存在感を強調しているのである。この自由自在さ！

他の作家にはない、強烈な個性だ。

そうだ降りなくては。

寝惚けていて、しかも駅名を忘れたままそこが海芝浦だと思い込んでいる。横浜銀行の向こうが海なのだろうかと。が、どうもおかしい。駅の構内に出ると、ガラス越しに見えるのは妙に懐かしい町だ。ごちゃごちゃしたビルの低さ。賑やかそうなのに、光が薄いような煙った空気も……。海に面したプラットホームのはずがなんでこんなに広い明るい、何本も線路の通っている駅にいるんだろう。見覚えがあった。無論、錯覚の。でも思い込んだ。ここは四日市じゃないか。私の生まれた町。

　鶴見駅の改札口で、本当はここがどこなのか聞いてしまう。沢野にはどう見ても記憶の中の生まれ故郷四日市の町としか思えないのである。

東京生まれ、東京育ちではないお上りさん族にとっては、鶴見が四日市に見えても、さほど驚く事ではないだろう。私自身、東京山手線の目白駅周辺で友人と待ち合わせていた喫茶店を探していた折、ふと、ここは故郷徳島駅前の風景じゃないのか？……と茫然としたことがあるからだ。

四日市コンビナート

　ゆえに、この笙野の鶴見か四日市か……と主人公が狼狽えるシーンには、大いに共感してしまったのである。

　このあと鶴見駅の外に出た「私」は、次第に四日市にいる気分になってくる。

　主人公沢野である「私」は、「私は伊勢の出身だが四日市で生まれたのだ。」と、自分がこの世に生まれてきた折の記憶…

……とも言えない昔語りをする。

コンビナートのある町ということから、四日市の祖母の家での思い出語りが展開されていくのである。コンビナートに向かう運河に掛かった橋、そのたもとにあった一軒の雑貨屋のチョコレートの記憶、四日市の近鉄デパート、都ホテル、フードリの灯。祖母や祖父と共に過ごした時間が蘇ってくる。鶴見の電車に乗っている筈の自分が、四日市にいるかのように思えてくるのだ。

東京、関東地方に身を置いて、こういつまでも故郷を引き摺るには理由があるだろう。故郷とは、愛憎半ばの存在――という言葉が浮かんでくる。その後も、海芝浦にたどり着くまでの行程の中に、三重県での思い出語りが、サンドイッチの具材のように挟まれてゆくのである。

武蔵白石駅で出会った小さな兄弟の描写は、実に素晴らしい。ベンチに座る「私」の膝の上によだれを垂らして寝る男の子。「――なんじなんぷんぷん、なんぷんぷんぷんぷん。」が、最後には呪文の言葉のように聞こえてくる。日常のそこらにいるような存在が、少し普通からズレた行動をとることで煌めき始める……そんな人間を、笙野はたくさん見てきたのかも知れない。

傑作は、ホームのベンチで眠ってしまった「私」のみる夢の中の「のりだけの恋愛小説」と題された本だ。「古典好きの人間が現代の感性で書いた恋愛小説という夢の設定」らしいのだが……。

……海んぬ浴槽なあせびのかたちむは広くつぶらやかなねり具合にあふれさぶりな、ひかり正純……。

……白くながめ板晴魔さす流れにらり、少年の乳房、わもはれりよ、マグロへの愁触……。

意味は不明だ。それでも、なんとなく伝わってくるその場の色彩、匂い……読み返すうちに癖になっていきそうなワードの連発。これこそが筆野ワールドの放出する、体に悪くない、死には至らない毒なのだろうか。

その後、電車を降りたり乗ったり、夢と現実と思い出をこき交ぜながらの電車の旅は続いてゆくのであるが、その途中で見あげた空に直径何メートルもあるマグロの目玉が見えた。それは恋人のマグロのものではない、「百億年のコールドスリープに入ってしまったような、厳しい目」だったのだ。この小説には、最初から最後までマグロが付いて回るのである。

それから半年以上経って、私は初めて行った中野ブロードウェイの地下で、マグロの目玉を一対六百円で売っているのを見た。絶対に予知夢ではないと思った。ただいつのまにか、マグロの目玉がブームになっていたのだ。それが電話にどうして紛れ込んだのかは、未だに判らないままだ。その二日後、ふいに思い出して若い男の子に、二十一世紀とジェッターの話をした。すると男の子はひどく蔑んだように、ジェッターは三十世紀です、と冷たい声で訂正したのだった。

ジェッターの知識など、今の自分には全く必要ないのに、スーパージェッターは三十世紀のタイムパトロールで、衝突事故の折、二十世紀に落下したんだったな……などと、記憶を辿りたくなる。確か筒井康隆の脚本だったか？　と思っていたら、他にも錚々たる脚本家が複数関わっていたのだと知って、この度初めて驚いた次第である。

［著者紹介］

河原徳子（かわはら・とくこ）
徳島市生まれ
「朗読文学サークル　パティオ」（5部門）主宰
（パティオ読書会／源氏物語を原文で読む／文章教室「言《こと》の葉《は》」
／文章教室「円虹《まるにじ》」／よっかいち朗読文学の会）
現在、三重県生涯学習センター、その他県内のさまざまな市町村の講座、愛知県、岐阜県の図書館講座の文学講座講師を務める。
三重県総合文化センターにて、源氏千年紀の年より「源氏物語を原文で読む」講座をスタート。以後、『平家物語』『枕草子』『方丈記』その他の古典文学作品を講義している。
鈴鹿市文芸賞選考委員
鈴鹿市文化振興ビジョン策定委員
鈴鹿市児童詩コンクール選考委員
鈴鹿市文化財保護委員
著書『となりの文豪』（風媒社）ほか

装幀／三矢千穂

ものがたりの舞台　**三重の文学逍遥**

2024年2月29日　第1刷発行　（定価はカバーに表示してあります）

著　者　　河原 徳子

発行者　　山口 章

発行所　名古屋市中区大須1丁目16番29号
電話 052-218-7808　FAX052-218-7709
http://www.fubaisha.com/
風媒社

乱丁・落丁本はお取り替えいたします。　＊印刷・製本／シナノパブリッシングプレス
ISBN978-4-8331-5456-7